Federico Temperini

Theres Essmann wurde 1967 in Nordwalde (Münsterland) geboren, studierte Literaturwissenschaften und Philosophie, lebt und arbeitet in Stuttgart und Köln. Sie schreibt Lyrik und Prosa. 2018 erhielt sie ein Arbeitsstipendium des Förderkreises deutscher Schriftsteller in Baden-Württemberg. „Federico Temperini" ist ihr Erzähldebüt.

Theres Essmann

Federico Temperini

k,n

für Uli

und

für Steffen H.
in Dankbarkeit

„Wissen wir denn, um welchen Preis
der Mensch seine Größe erkauft?“

Franz Liszt
Paris, 1840
in seinem Nachruf auf Paganini

1

Ich nahm den Anruf gleich nach dem ersten Klingeln an, das weiß ich noch, ich war auf dem Sprung in den Tag, auf dem Weg zur Wohnungstür, und mein Handy klingelte in dem Moment, als ich es im Vorbeigehen von der Kommode nahm.

„Federico Temperini", hörte ich eine tiefe Stimme und klangvoll rollende Rs. Und dann nichts mehr. Schweigen. Als wäre mit seinem Namen bereits alles gesagt. Monate später, als er mir keine Ruhe mehr ließ, erinnerte ich mich an diesen Moment. Vor dem Küchenfenster hatte an diesem frühen Morgen der Nebel gehangen, in einer halben Stunde würde irgendwo in den suppigen Straßen der Stadt mein erster Fahrgast stehen, und ich hatte nicht den Nerv, fragte mit einer Spur Schärfe in der Stimme: „Ja? Und?"

„Federico Temperini." Wieder rollte das R. Und wieder sprach er nicht weiter.

„Das sagten Sie schon. Gibt es etwas, das ich für Sie tun kann?" Taxi fahren natürlich, dachte ich, und dass wir doch nicht bei der Telefonseelsorge waren. Ich hörte ihn tief Luft holen, und dann: „Ich suche einen Chauffeur."

Mittlerweile ging ich die Treppe zur Haustür hinunter.

„An ein oder zwei Abenden im Monat", sagte er.

„Ah, Sie möchten Taxi-Fahrten bestellen. Hören Sie, ich muss los und kann gerade nichts notieren. Wie wäre es, wenn ... "

„Nein, ich brauche einen Chauffeur."

Mein Vater hatte das gemacht, beim Limousinen-Service hier in der Stadt, eine Ewigkeit war das her, und ich sah ihn vor mir die Treppe hinuntergehen, mit seinen 1 Meter 63, die ich viel zu früh um einen Kopf überragt hatte, und die sich morgens vor meinen Augen zu strecken schienen, während er Schirmmütze und Jackett anzog, beides blau, das Jackett mit einer Doppelreihe goldener Knöpfe, die weißen Handschuhe steckte er in die Seitentasche.

„Sie holen mich zu Hause ab, fahren mich irgendwo hin, warten dort und bringen mich wieder nach Hause."

Er klang jetzt dringlich, nannte die Konditionen, keine schlechten. „Sie hören von mir – Federico Temperini." Und dann legte er auf.

Zwei Wochen später bog ich in seine Straße ein,

jenseits der Gleise, wo Wohnen im Altbau zugige Fenster und rostige Rohre meint. Er hatte mir auf die Mailbox gesprochen, „Federico Temperini", und obwohl ich seit seinem ersten Anruf nicht mehr an ihn gedacht hatte, erinnerte ich mich sofort. Er nannte seine Adresse, 19 Uhr bis 23 Uhr, Datum und Wochentag, dann noch einmal die Konditionen, die waren nicht schlechter geworden. „Ich erwarte Sie."

Ich fuhr damals seit über 15 Jahren Taxi, mittlerweile den dritten Wagen, und jeder hatte seine Eigenart: das schmeichelnde Holz des Schaltknaufs in der Hand, das Geräusch des Kofferraumdeckels beim Schließen, den störrischen Moment beim Loskommen. Und Tag für Tag stiegen Menschen zu mir ins Auto, sagten, wo sie hinwollten und dann oft noch viel mehr, während sie sich von mir an ihr Ziel bringen ließen, zu einem Platz oder vor einen Hauseingang, manchmal auch noch weiter, wie die alte Frau mit den Streichholzbeinen und der viel zu schweren Einkaufstasche, die ich ihr abnahm, die Treppe hoch, in einen Wohnungsflur, in dem es komisch roch und der dunkel blieb, auch als ich den Lichtschalter drückte. „Wären Sie so nett, ich hab Glühbirnen gekauft." Und dann holte ich einen Stuhl aus der Küche, drehte eine Glühbirne in die Deckenlampe und fragte mich, wo ihr Enkel war, von dem sie mir während der Fahrt erzählt hatte.

Oder die Schwangere, deren Bauch sich so kugelrund vor das Seitenfenster geschoben hatte, dass ich den Beifahrersitz ganz nach hinten stellte, bevor ich ausstieg und ihr die Wagentür öffnete, und drei Straßen weiter wusste ich, dass das Baby jeden Tag kommen konnte, der Vater aber nicht, weil er gar nicht wusste, dass er es war. Später fragte sie dann, während sie mit der einen Hand ihren Rucksack zwischen Bauch und Kinn hielt und mit der anderen darin nach ihrem Geldbeutel kramte: „Haben Sie eine Karte, kann ich Sie anrufen, wenn es losgeht, auch nachts?" Ich erklärte ihr die 112, sie stieg aus, ich wünschte ihr viel Glück, also dass alles gutging. „Und vielleicht sagen Sie dem Vater doch Bescheid? Oder bitten eine Freundin?"

Er hob einen Arm, als er das Taxi sah, ich hatte schon die Scheinwerfer an. Über den anderen Arm hatte er seinen Mantel gelegt, der war dunkel wie sein Anzug, er blieb stehen, wo er war, ein großer Mann, im Hauseingang, nur eine Stufe erhoben vom Bürgersteig und noch erfasst vom Lichtschein der Straßenlaterne. Er schaute zu mir, regungslos wie ein Reiher auf Fischfang. Schließlich stieg ich aus, öffnete die hintere, dem Bürgersteig zugewandte Wagentür und hielt sie auf. Das überzeugte ihn offensichtlich, er setzte sich in Bewegung, ein hagerer alter Herr, der sehr aufrecht ging.

„Federico Temperini", sagte er.

Das wusste ich ja nun schon, wollte aber nicht unhöflich sein und reichte ihm die Hand: „Taxi Krause, also, Jürgen Krause."

Sein schmales Gesicht hatte tiefe Furchen, vor allem senkrechte, als setzte sich das Langgezogene seiner Gestalt in ihnen fort. Über dem linken Arm hatte er immer noch den Mantel, das blieb auch so, als er einstieg. Ich schloss seine Tür, setzte mich ans Steuer, drehte mich zu ihm um und fragte: „Und jetzt?"

„Zur Philharmonie", sagte er. „Bruch. 1. Violinkonzert, g-Moll."

Daher also der schwarze Anzug. Unter meinen männlichen Fahrgästen, die zur Philharmonie wollten, hatte der Anteil an Jeansträgern – obenherum in Hemd oder schwarzem Rollkragen-Pullover – deutlich zugenommen. Er dagegen war alte Schule.

Ich startete den Wagen, schaltete den Taxameter ein und fuhr zügig los. Wir mussten über die Brücke, vor der es sich auch abends oft staut. Er beugte sich nach vorne, reichte einen weißen Umschlag zwischen den Rückenlehnen hindurch und legte ihn auf den Beifahrersitz. „Ihr Honorar. Wie abgemacht."

Abgemacht war ja nun etwas übertrieben, ich sah

auf den Umschlag, Büttenpapier, das erkannte ich an der ausgefransten Schnittkante, der Umschlag gehörte auf einen antiken Sekretär und nicht auf den Beifahrersitz meines Taxis und konnte Gott weiß was enthalten. Ich schlug vor, dass ich ihn an der Philharmonie absetzen und nach dem Konzert wieder einsammeln und nach Hause bringen würde, und wir trotzdem den nächsten Termin fest vereinbaren könnten, Abrechnung dann ganz normal als Taxifahrten. Er hatte sich mittlerweile wieder zurückgelehnt, ich sah im Rückspiegel seine schwarzen Haare, die ihm bis auf die Schultern fielen, schon reichlich ausgedünnt und vermutlich gefärbt.

„Sie müssen bereitstehen. Vielleicht verlasse ich das Konzert früher."

„Und Sie müssen sich anschnallen. Bitte." Ich stellte den Taxameter aus und drehte mich zu ihm um. Wir warteten auf Grün. Er griff nach dem Mantel, legte ihn neben sich auf die Rückbank, mit der rechten, freien Hand, mit der er dann auch den Gurt herauszog. Und da sah ich es zum ersten Mal, dass mit seiner anderen Hand irgendetwas nicht in Ordnung war. Er hielt sie eigentümlich starr, etwas war mit den Fingern, aber dann sprang die Ampel um, und wir fuhren eine Weile schweigend, über die Brücke, der Dom erhob sich in den jetzt dunklen Himmel, angestrahlt; sein Sandstein leuchtet dann wie von innen, über einem schwarzen Band, das im Dunkeln bleibt, so dass es aussieht, als schwebte er über der Stadt.

„Kommen Sie aus Italien?“, fragte ich.

„Nein“, sagte er. Mehr nicht. Später, vor der Philharmonie, hielt ich ihm die Wagentür auf, und er stieg aus, den Mantel hatte er jetzt wieder über den Arm und die komische Hand gelegt.

„Ich warte dort hinten auf dem Taxistreifen auf Sie.“

Das tat ich dann auch. Ich hielt den Briefumschlag eine Zeit lang in den Händen, dann schaute ich hinein, er enthielt einige Geldscheine. Der Betrag stimmte, für den ganzen Abend: ein Vorschuss also. Ich stellte das Radio an, und ich dachte an meinen Vater und dass ich gar nicht wusste, wie er die Zeit rumgebracht hatte, während er in der Limousine auf seine Kunden wartete. Davon hatte er nie erzählt, beim Frühstück, nur von den Kunden, und dabei hatten seine Augen geleuchtet. Berühmte Leute, bei denen es reichte, den Namen auszusprechen, damit meine Mutter sich von der Anrichte umdrehte, auf der sie mein Schulbrot machte, und in die Hände klatschte: „Nein, Gustav, doch nicht der Reinhard Mey?!“ Und mein Vater sagte dann immer: „Doch, genau der. Und wisst ihr, wohin er wollte?“ Und dann folgte eine dieser Geschichten, über die ich vergaß, dass heute Schule war und wie klein mein Vater wirkte, wenn er vom Küchentisch auf- und neben meiner Mutter stand, bis meine Mutter wieder in die Hände klatschte und sagte: „Jürgen, jetzt aber zacki zacki, du musst los."

Ich zuckte zusammen, als er an das hintere Seitenfenster klopfte. Der Vorplatz war noch menschenleer. Ich stieg aus, hielt ihm die hintere Türe auf, und er stieg ein.

„Nach Hause", sagte er. Und dann, während ich den Wagen startete: „Die spielen jetzt Beethovens Dritte."

Ich hätte ihn gerne gefragt, ob ihm denn die andere Musik gefallen hatte, die für Geige, ich hatte mir aber den Namen des Komponisten nicht gemerkt, daher hielt ich mich zurück. Es hatte angefangen zu nieseln, nur leicht, und die Scheibenwischer schrappten über das Glas.

„Die Schlusssteigerung im Finale, Allegro energico, nicht schlecht, aber beim Tempo in der Doppelgriff-Passage, da war noch gehörig Luft."

Ich wollte bekennen, dass Klassik nicht so mein Ding war, aber er kam mir zuvor, beugte sich nach vorne und sagte: „Und dabei sind die Doppelgriff-Läufe nichts gegen die bei Paganini."

„Paganini?“, fragte ich.

„Niccolò Paganini“, sagte er. „Der Teufelsgeiger. Er war der Größte.“

Mehr sollte ich an diesem Abend nicht erfahren, er hatte sich wieder zurückgelehnt, schaute aus dem Seitenfenster und schwieg für den Rest der Fahrt. Als er ausstieg – ich hielt ihm die Wagentür auf – trug er den Mantel wieder über dem Arm und ich sah seine Hand nicht. Schon im Gehen und ohne mich anzuschauen, sagte er: „Sie hören von mir.“ Er verschwand hinter der Haustür, machte sie sehr langsam hinter sich zu.

Ich stieg ein, drehte das Radio auf und entschied, es für den Tag gut sein zu lassen. Neben mir lag der Umschlag, im Rücken spürte ich noch den hageren alten Mann und dachte an die Namen, Temperini und Paganini. Wie hatte er ihn genannt? Teufelsgeiger. Ich fuhr zurück, über die Brücke, vom Wasser stieg Nebel auf, so dass der Dom jetzt jede Bodenhaftung verloren hatte, seine angestrahlten Türme glommen hinter Nebelschwaden in der Luft. „Guck mal, Leo, der Mann über den Wolken hat ein riesiges Nachtlicht angezündet, für alle schlafenden Kölner Kinder“, hatte ich zu Leo gesagt, an einem Papa-Wochenende auf einer unserer Gute-Nacht-Fahrten, die unser Geheimnis waren. Das war, als Irene es schon nicht mehr mit mir und meinem Taxi aushielt, und bevor sie mit Leo zu ihrem Neuen zog, ins Reiheneckhaus, fünf Autostunden entfernt. Ich sah Leo neben mir sitzen, seinen Stoffhasen im Arm. Er liebte das, in der dunklen Jahreszeit mit dem Taxi durch die abendlichen Straßen gefahren zu werden, draußen die Dunkelheit und die vorbeiziehenden Lichter, im Wageninneren Kekse und Geschichten. „Nochmal, wie du Pu den Bären in deinem Taxi gefahren hast. Und wie alles geklebt hat, vom Honig."

Und nachher, in meiner Wohnung und seinem Zweit-Zuhause, konnte er ohne das Licht neben der Schlafzimmertür nicht einschlafen. „Papa, das Nachtlicht!"

Ich wählte jetzt Irenes Kurzwahl über die Freisprechanlage des Taxis, es war noch nicht sehr spät.

„Schläft Leo schon?"

„Nein, er lernt noch. Ulrich fragt ihn ab. Latein-Vokabeln. Er schreibt morgen einen Test, den letzten hat er in den Sand gesetzt."

„Na ja, er ist sechzehn und hat halt anderes im Kopf."

„Sagst du. Bist du noch im Taxi? Es rauscht so."

„Heute war ich Chauffeur." Und ich erzählte ihr, was sie früher hätte hören wollen, von Temperini, wie er mich angerufen und darauf bestanden hatte, dass ich sein Chauffeur wurde, vom halben Abend und vom vollen Honorar im Briefumschlag aus Büttenpapier.

„Meine Rede." Irene hatte immer gewollt, dass ich wenigstens als Chauffeur arbeitete wie mein Vater, wenn ich schon unser Geld mit Autofahren verdiente. „Lieber großkotzige Generaldirektoren als Fußballfans, die auf den Rücksitz kotzen", hatte sie einmal gezetert.

Wir lernten uns auf der Fachhochschule für Verwaltung kennen. Dass sie schwanger wurde, war ungeplant, zunächst auch unfassbar und dann unerwartet gut. Wir wollten das Kind beide. Doch während Irene das kleine Wunder Leo austrug, hatte ich eine so ungeheure Angst vor Prüfungen, dass ich, als es darauf ankam, nichts herausbrachte, in drei von fünf Prüfungen durchfiel und mich daraufhin lieber hinter das Steuer eines Taxis verkroch, wie Irene es nannte, als noch einmal anzutreten.

„Wer jede beknackte Straße in Köln kennt, kann sich ja wohl so ein paar Verwaltungsparagraphen merken." Irene ließ nicht locker, sie verstand nicht, dass Merken nicht das Problem war, und die anstehende Ortskenntnisprüfung mich in altbekannte Angst versetzte. Sie hatte Leo die Brust gegeben, jetzt legte sie ihn sich über die Schulter. „Leo, sag doch auch mal was, oder wie findest du das dann später im Kindergarten: Mein Papa fährt Taxi?" Irene klopfte Leos kleinen Rücken, bis er aufstieß. „Na also."

Und jetzt übte Ulrich mit Leo Latein-Vokabeln. Ulrich, der Steuerberater war. Der das hatte, was man eine gute Anstellung nennt. Der Klienten mit vernünftiger Arbeit beriet und vielleicht auch solche mit Chauffeur.

2

Von Temperini hörte ich zwei oder drei Wochen später wieder, ich hatte damit gerechnet, aber nicht so schnell. Ich saß mit einem Bier am Küchentisch und las Eric Claptons „Mein Leben", als mein Handy klingelte. Vor dem Fenster war es schon dunkel. Er sagte seinen Namen, und ich zählte im Stillen die Sekunden, die er schwieg. Eigenartig, dass ich mich noch daran erinnere, es waren acht, und es fiel mir nicht leicht, sie durchzuhalten.

„Nächsten Donnerstag. 19 Uhr."

„Warten Sie, ich schaue mal nach", sagte ich und versuchte möglichst geräuschvoll in Eric Claptons Leben zu blättern. Donnerstagabend hatte ich nichts vor.

„Ich erwarte Sie", sagte er. „Adresse und Konditionen wie immer."

„Sie meinen, wie beim letzten Mal, genau genommen beim ersten Mal?" Der alte Herr hatte so eine Art, man musste wirklich aufpassen. „Ah, hier, Donnerstag, ja, das geht."

„Adresse und Konditionen wie immer“, wiederholte er, „Philharmonie wie beim letzten Mal, dieses Mal aber Liszt.“

Liszt? Den kannte ich auch nicht.

„Wie hieß der tolle Geiger noch einmal, der vom letzten Mal?“, fragte ich.

„Paganini. Niccolò. Mit C, zwei Cs.“

Ich wollte noch fragen, warum er ihn Teufelsgeiger genannt hatte, aber da hatte er schon aufgelegt.

Also zog ich mein Notebook von der Fensterbank auf den Küchentisch und suchte im Internet. Paganini. In Italien geboren, Ende des 18. Jahrhunderts, und schon zu Lebzeiten eine Legende. Der erste Megastar der Musikgeschichte. Der Teufelsgeiger. Genauso stand das da. Weil er Geige spielte wie kein anderer, meist seine eigenen Werke, die waren offenbar gespickt mit technischen Raffinessen und höllisch schwer zu spielen, nicht zu vergleichen mit denen der anderen seiner Zeit, Beethoven und wie sie alle hießen, und ich hörte Temperini, wie er auf der Rückfahrt zwischen den Vordersitzen meines Taxis hindurch an irgendwelchen schwierigen Passagen herumnörgelte, die der Geiger im Konzert vorhin nicht gut hingekriegt hatte – und dabei seien sie nichts gegen die bei Paganini.

Der war durch ganz Europa kutschiert worden,

der Eintrag listete dutzende Städte auf und las sich wie das Inhaltsverzeichnis meines Straßenatlas, Köln war auch dabei. Wo er auftrat, zahlten die Männer bereitwillig, und zwar das Vielfache der sonst üblichen Eintrittspreise, und ihre Frauen fielen reihenweise in Ohnmacht. Irgendwie kam da dann auch der Teufel ins Spiel: Wer so unheimlich gut Geige spielte, musste einen Pakt mit dem Satan haben. Zudem fanden die Leute, dass Paganini gruselig aussah. Mir ging es nicht anders. Ich fand viele Bilder, der Mann war offenbar dauernd gemalt worden. An eines erinnere ich mich besonders, vielleicht auch, weil es mir später in Temperinis Papierschnipseln wieder begegnete: Paganini, wie er dasteht und Geige spielt. Sehr groß und sehr dünn, Arme und Beine langgezogen und unnatürlich gebogen, als flösse sein Körper gallertartig um die Geige. Alles war düster, seine schwarze Kleidung, sein schwarzes schulterlanges Haar, der dunkle Hintergrund. Das einzig Helle waren seine Finger, lang wie Spinnenbeine, und sein Gesicht, wächsern bleich über die Geige gebeugt.

Ich schaute ins nächtliche Dunkel vor dem Küchenfenster, dann zur Bierflasche, die war leer, Clapton blickte vom Buchdeckel zu mir hoch und sah auch nicht gerade aus wie ein Sonnyboy. Zurück auf dem

Bildschirm blieb ich weiter unten im Eintrag noch einmal hängen: Mordverdacht. Es hatte offenbar hartnäckige Gerüchte gegeben, Paganini habe seine Geliebte umgebracht. Mal sehen, was der feine Federico Temperini am nächsten Donnerstag dazu zu sagen hat, nahm ich mir vor und las weiter, was die Leute damals so geredet hatten. Wie sie überhaupt darauf kamen, auf den Mord, verstand ich nicht wirklich, es gab weder Leiche noch Tatort, nur ein, zwei Jahre, in denen der junge Paganini von der Bildfläche verschwunden war, und sein Publikum fragte sich nun rückblickend, wo um alles in der Welt der Satansbraten wohl gesteckt hatte. Und dann war da noch die Vorliebe des Geigers, furiose Passagen auf nur einer Saite zu spielen. Also quasi mit Vollgas auf nur einem Zylinder zu fahren, wenn ich das richtig verstanden habe. Zusammengenommen ergab alles das für die Leute eine schöne Geschichte, nämlich dass Paganini erst seine Geliebte umbrachte, dann deswegen eingelocht wurde und somit in den fraglichen Jahren im Kerker gesteckt hatte, und er dort, weil ihm die Zeit lang wurde, seine aberwitzige Spieltechnik entwickelt haben musste. Im Kerker, so munkelte man, hatte man ihm nämlich eine Geige gelassen, allerdings eine mit nur einer Saite, und zwar der kürzesten, damit er sich nicht strangulieren konnte.

Armer Kerl. Für seine Fans war er entweder der Sohn des Satans oder der Mörder seiner Geliebten. Oder beides. Und seine Leistung wurde so oder so zum Teufelsspuk erklärt. Weswegen er schon zu Lebzeiten einen Biografen anheuerte, um die Sache, also sein Leben, ein für alle Mal ins rechte Licht zu rücken.

Auch nicht anders als all die Megastars heute, dachte ich, holte mir ein zweites Bier aus dem Kühlschrank, klappte das Notebook zu und Eric Claptons „Mein Leben" wieder auf.

Temperini stand in Mantel und Hut im Hauseingang, als ich am Donnerstagabend bei ihm vorfuhr. Es war kalt, knapp über null Grad, ich hatte in der Woche davor die Winterreifen aufgezogen. Ich hielt ihm die Wagentür auf, und er nickte mir nur kurz zu, bevor er den Hut abnahm und einstieg.

„Sie wissen ja wohin", sagte er, während er den Hut neben sich legte.

„Philharmonie." Ich drehte mich um und wartete, bis er sich angeschnallt hatte. „Irgend so ein Geiger. Liszt?"

„Pianist, h-Moll-Sonate."

Temperini knöpfte den Mantel auf, lockerte den Schal, der schwarz war wie der Rest seiner Kleidung, und befestigte den Gurt, alles mit einer Hand, die komische Hand war zwischen Hut und Bein verschwunden, eine verstohlene Bewegung, ich sah ihm an, dass er wusste, ich hatte sie bemerkt. An der ersten roten Ampel beugte er sich vor, griff zwischen den Vordersitzen hindurch und legte den Umschlag auf den Beifahrersitz.

„Für Sie."

Für wen sonst, dachte ich und sah, dass der Umschlag wieder aus Büttenpapier war. Wir fuhren eine Weile schweigend durch die Lichter und die Dunkelheit. Die Straßenlaternen und die Autos hinter uns warfen ihr Licht durch Seitenfenster und Heckscheibe. Hinter mir verschmolz Temperini mit der schwarzen Rückbank, nur sein Kopf hob sich heller ab.

„Sie sehen aus wie er", sagte ich und verstellte den Rückspiegel so, dass ich sein Gesicht gut im Blick hatte.

„Wie wer?"

„Der Teufelsgeiger."

Einen Moment lang kam Unordnung in die senkrechten Furchen seines hageren Gesichts. Er kann ja lächeln, dachte ich, während rechts vor uns der Dom erschien.

„Es heißt, er hat seine Geliebte ermordet", redete ich weiter, wir ließen Brücke und Rhein hinter uns.

„Alles Quatsch."

Danach schwieg er, ein, zwei Kreuzungen lang, dann sagte er: „Sie haben nachgelesen."

Da war es wieder, sein Lächeln, ganz kurz, ich erwischte es im Rückspiegel.

„Nur ein bisschen im Internet gesurft", sagte ich und fühlte mich wie ein Fisch, der den Haken geschluckt hat. „Ich kann ihn mir gar nicht vorstellen, mit einer Frau. Bei der Reiserei und dem Aussehen." Das rutschte mir so heraus und war nicht nett, und richtig, Temperini schaute jetzt streng. „Er hatte einen Sohn."

„Kann passieren. Haben Sie Kinder?"

„Achille. Paganinis Sohn hieß Achille."

Dann schwieg er wieder.

Ich wartete. „Mein Sohn heißt Leo. Lebt bei meiner Ex."

Temperini drehte den Kopf zum Seitenfenster, sein dunkles Haar fiel von der Schulter nach vorne, so dass ein paar dünne Strähnen unter seinem Kinn hingen. Wir kamen nur langsam vorwärts, hingen vor einer Baustelle fest. Zähfließender Verkehr. Wie hier drinnen, dachte ich, als es weiter still blieb auf der Rückbank.

„Paganini hat Achille der Mutter abgekauft. Da war der Kleine drei Jahre alt", fuhr Temperini schließlich fort, er schaute jetzt wieder nach vorne.

„Abgekauft? Sie meinen so wie ein Auto?"

„Kutsche. Damals."

Pause. Ich ließ ihm Zeit, dachte daran, wie der Unterhalt, den ich zahlte, mich mit Leo verband, genauso wie die kostbaren zwei Tage und Nächte pro Monat, an denen er bei mir war, und wie weh es getan hatte, als Irene entschied, mit ihm zu Ulrich nach Augsburg zu gehen.

„Das machte man so. Wenn man sich trennte." Pause. Er schaute aus dem Seitenfenster, als stünde der Kleine da draußen am Straßenrand. „Er hat sich gekümmert, hat ihn mitgenommen auf seine Reisen."

Leo neben mir im Kindersitz, Bunny im Arm, Kekskrümel am Kinn und seine blauen Augen forschend auf mich gerichtet: „Papa, warum wohnst du nicht mehr bei Mama und mir?"

„Und Paganinis Vater? Wie war der?"

„Streng. Üben oder hungern. Wollte einen lukrativen Kirchengeiger aus ihm machen."

„Klingt wie Michael Jacksons Kindheit."

Aber da schaute Temperini schon wieder nach draußen in die Dunkelheit, und wir redeten nicht mehr.

3

Dieses Mal würde es länger dauern, kündigte Temperini an. Er war ausgestiegen und setzte seinen Hut auf. „Zwei Stunden. Klavier."

Ich wählte Leos Nummer, sobald der alte Herr Richtung Eingang und Konzert verschwunden war. Leo meldete sich verdächtig schnell, wahrscheinlich störte ich ihn beim Daddeln.

„Na, Leo, sehen wir uns bald?"

Das letzte gemeinsame Köln-Wochenende war schon einige Wochen her, und ich erfuhr, dass am übernächsten Samstag ein Hallen-Meeting in Köln anstand. Hochsprung.

„Ich komme zuschauen."

„Ok."

„Brauchst du einen Chauffeur, der dich in Augsburg abholt?"

„Nächstes Jahr, Jürgen. Nach meinem Gold bei Olympia. Und dann bitte die Limousine." Leo hat Irenes Humor. „Wir kommen mit dem Mannschafts-Bus. Aber übernachten bei dir geht klar."

„Wie hoch hängt die Latte denn mittlerweile?"
„Ich trainiere auf 1,50."
Ich hatte es gar nicht mitbekommen, bis er vor einem Jahr eine Urkunde aus der Reisetasche geholt und wortlos auf meinen Küchentisch gelegt hatte: Leo sprang höher als seine Altersgenossen. Und trainierte im Sportverein in Augsburg, in dem schon der junge Ulrich seine Runden gedreht hatte.
„Und auf welcher Höhe darf ich den nächsten Strich auf der Messlatte machen, du Sprung-Ass?"
„Weiß nicht, Jürgen. Lass das doch!"

Bis er zur Schule kam, war es ein Spaß gewesen. Leo, an die Küchenwand gepresst, und ich malte den nächsten Strich auf das Holz der Messlatte, die ich dort befestigt hatte. Meine Hand auf seinem Kopf, in der anderen den Stift.
„Gerade stehen, Leo. Nein, nicht auf die Zehenspitzen. Und stillhalten. Schließ die Augen. Und Luft anhalten, wie in der Badewanne. – Und jetzt: Augen auf, Leo, guck, da, der Strich! Du bist schon wieder gewachsen."
„Booaahh. Sooo groß bin ich schon, Papa?"
„Ja, du wirst ein ganz Großer."
Nach der Einschulung hatte Leo es dann schnell entdeckt. Er war der Kleinste, und zwar mit schmerzhaftem Abstand, in der Klasse, in der Fußballmann-

schaft und auf dem Foto seiner Erstkommunions-Gruppe. Danach wurde jeder neue Strich zum ersehnten Etappensieg. An unseren Papa-Wochenenden feierten wir ihn mit heiligem Ernst und mit heißer Schokolade oder einer Spritztour durch Köln. Es war mein Versprechen an meinen zu klein geratenen Sohn: Wart ab, du überholst sie noch alle.

Auf 1,63 Höhe gab es damals einen winzigen schwarzen Punkt, den hatte ich heimlich aufs Holz gemalt, als Leo noch keine 1,30 groß, aber schon zehn Jahre alt war. Er machte es spannend und blieb bei den U-Untersuchungen des Kinderarztes hartnäckig am untersten Ende der Normalverteilung. „Bestimmt das Opa-Krause-Zwergen-Gen", meinte Irene. Sie machte mit Leo ihre eigene Messung, und dort, an der Messlatte in seinem Zimmer im Augsburger Reiheneckhaus, knackte er erstmals die 1,63. Irene hatte sie darauf schon vorher rot markiert und beschriftet wie ein Klingelschild: Opa Krause. Sie rief mich sofort an, um mir mitzuteilen, dass unser Sohn jetzt größer war als mein Vater: „Glück gehabt. Doch kein Zwerg." Da war Leo vierzehn, hatte sie alle eingeholt und redete mich bereits mit Jürgen an, wie um die Festlegung zu umgehen, wer für ihn sein Vater war. Jürgen und Ulrich.

Irgendwann spie die Philharmonie ihre Gäste auf

den Vorplatz aus. Einige von ihnen musste ich auf das nächste Taxi verweisen, bevor ich im Halbdunkel Temperinis hagere Gestalt samt Hut entdeckte. Ich stieg aus und hielt ihm die Fond-Tür auf.

„Wohl etwas Besseres?“, zischte eine Frau, die ich weiterschickte.

„Sieht so aus“, sagte ich, mehr zu mir selbst, während Temperini mir zunickte, seinen Hut abnahm und einstieg.

Wir fuhren eine Weile schweigend durch die Nacht, und jeder hing seinen Gedanken nach, Temperini vermutlich seiner Klavier-Musik und ich dem kommenden Wochenende mit Leo, wie es schön werden könnte, oder cool oder lässig, oder was immer ein 16-Jähriger von seinem Wochenend-Vater erwartete.

„Natürlich ist Liszts h-Moll-Sonate virtuoser als seine Dante-Sonate“, riss Temperini mich aus meinen Gedanken. Er sprach heftig.

„Bitte?“

„Im Programmheft. Die behaupten dort allen Ernstes, h-Moll und Dante seien technisch gleich anspruchsvoll.“

„Na sowas.“ Ich verstand nichts. „Wie war er denn, Ihr Klavierspieler?“

„Ganz passabel, auch bei den Oktav-Passagen.

Danach war Dante ein Kinderspiel, bis auf die Sprungstelle am Ende."

„Klingt wie eine Akrobatik-Nummer im Zirkus."

Temperini saß jetzt sehr gerade und suchte meinen Blick im Rückspiegel.

„Mit der Zugabe hat er sich keinen Gefallen getan. Liszts Consolations. Technisch langweilig und viel zu gefühlig."

„So richtig schön zum Heulen?"

„Nein, eben nicht. Nicht wie Paganini. Seine Musik dreht einem das Herz im Leib herum."

„Teufelsgeiger eben." Ich konnte mitreden.

Temperini hatte sich vorgebeugt zwischen die Vordersitze.

„Nicht vergessen!" Er zeigte auf den Umschlag, mit seiner normalen Hand.

„Keine Sorge. Ist ja Kohle drin."

Ich hatte mir vorgenommen, den Umschlag erst in der Wohnung zu öffnen. Und dann ein kühles Bier aufzumachen, für einen Abend mit Clapton am Küchentisch.

An welcher der zahlreichen Tragödien in Claptons Leben ich an diesem Abend wieder einstieg, weiß ich nicht mehr, vermutlich aber war sie umnebelt von Alkohol-Räuschen, Koks- und Heroin-Trips und untermalt mit jenen Songs, die um die Welt gingen.

Eine dieser rätselhaften Musiker-Biografien eben. Kaputte Eltern und schräge Kindheiten, Drogen-Exzesse, Sucht, Ehebrüche und Scheidungen, Depressionen, Selbstfindungs-Trips nach Indien. Und dieselben Menschen spielen in der Carnegie-Hall, besitzen Anwesen auf der ganzen Welt und haben Grammys auf dem Kaminsims stehen.

Nach der Fahrt mit Temperini konnte ich das Buch wieder einmal nicht weglegen, und es wurde spät, zu spät für einen Arbeitstag, bis ich schließlich durch war mit Claptons Leben und Leiden. Noch einer, der erfolgreich gescheitert ist, dachte ich, während ich von der Innenseite des Buchdeckels herauslöste, was ich dort mit Fotoecken befestigt hatte und was Irene immer meinen ultimativen Tick genannt hatte: eine Visitenkarte meines Vaters. Ich hielt sie ins Licht der Küchenlampe. Der goldene Schriftzug: Limousinen-Service Starlight. Darunter: Gustav Krause. Your personal chauffeur. Und auf der Rückseite ein kritzeliger Schriftzug, kaum lesbar: Eric Clapton.

Ich dachte daran, wie mein Vater sie an Schulmorgen beim Frühstück vor mir auf den Küchentisch gelegt hatte: „Da, Junge, habe ich dir mitgebracht." Seine Visitenkarte, Gustav Krause, und auf der Rückseite, als wäre es die normalste Sache der Welt, das Autogramm des Stars, den er am Vortag oder in der Nacht gefahren hatte, weil Limousinen-Service

Starlight sich vor allem um prominente, um sehr prominente Kundschaft kümmerte. Meine Mutter nahm ihre Hände aus dem Spülwasser, trocknete sie sorgfältig am Geschirrtuch ab, beugte sich von hinten über mich und strich mit ihrem Zeigefinger langsam über den Schriftzug, während sie ehrfürchtig sagte: „Eric Clapton." Und dann vielleicht noch: „Engländer. Wie gut, dass dein Vater Englisch spricht."

Wenn wir dann vom Frühstückstisch aufstanden, und ich in mein Zimmer gehen wollte, um das Autogramm zu den anderen in meine Blechdose zu legen, sagte mein Vater oft noch: „Junge, sieh zu, dass du später gefahren wirst und nicht fährst!" Und am Nachmittag, wenn Wolle und Karl mich abholen kamen zum Fußballspielen, nahm ich sie noch kurz mit auf mein Zimmer und holte die Dose aus meinem Nachtschrank. „Mach schon, zeig sie uns. Der Eric Clapton? Echt jetzt?"

Ich steckte die Karte wieder zurück in die Fotoecken, stand vom Küchentisch auf und entschied mich dagegen, die beiden leeren Bierflaschen und das Geschirr auf dem Abtropfgitter wegzuräumen. Morgen ist auch noch ein Tag, dachte ich. Ein unausgeschlafener, ärgerte ich mich über mich selbst, während ich mit Eric Clapton ins Wohnzimmer ging, um ihn dort hinzustellen, wo er hingehörte, in das Regalfach mit den Biografien, genau genommen auf die linke Seite, in die Reihe derer, die einmal von Gustav Krause durch Köln gefahren worden waren, wie Phil Collins, Bob Dylan und Leonard Cohen. Auch wenn das in ihren Lebensberichten nicht vorkam. Beweis auf der Visitenkarte im Buchinneren. Rechts standen die anderen, und in der Mitte, hinter rahmenlosem Glas, ein Foto meines Vaters, seine 1 Meter 63 in volle Chauffeurs-Montur gepackt, und unter der Schirmmütze hervor blickte er mich an.

4

Bis Dezember fuhr ich Temperini noch drei Mal zur Philharmonie und zurück. Beethoven, irgendein Russe und Chopin. Wir hatten mittlerweile unsere Routinen. Er rief ungefähr eine Woche vorher an und wartete immer schon im Hauseingang, wenn ich vorfuhr. Damit er sich in Bewegung setzte, musste ich ihm die Fond-Tür aufhalten. Chauffeur eben. Den Umschlag mit dem Geld gab er mir sofort. Auf den Hinfahrten war er einsilbig, auf den Rückfahrten gesprächiger, ein aufrecht sitzender, strenger Richter in Schwarz, der den Daumen über Geiger und Pianisten häufiger senkte als er ihn hob.

„Beethoven. Violinkonzert. Die freien Kadenzen des 1. und 3. Satzes habe ich schon eindrucksvoller gehört."

„Kadenz?"

„Solopassagen. Ohne Notation."

„Sind Sie eigentlich selber Musiker? Sie kennen sich aus."

Im Rückspiegel sah ich, wie Temperini sein Gesicht zum Seitenfenster drehte.

„Beethoven fing schon an taub zu werden, als er Opus 61 schrieb."

„Ach du je. Der Arme hat seine eigene Musik nicht mehr gehört?" Ich versuchte, Temperinis Blick im Rückspiegel zu erwischen. Aber er schaute jetzt schräg nach unten, auf seine Hand oder in seinen Schoß.

„Kein Vergleich zu dem, was Paganini durchgemacht hat. Diese schlimme Krankheit. Jahrzehntelang Schmerzen. Und trotzdem ist er aufgetreten, in ganz Europa. Paganini ist in der Stadt, hieß es dann überall."

Am Ende führten alle Wege zu Paganini.

Der Chopin-Abend begann bereits mit einer feinen Abweichung. Es hatte den ersten Schnee gegeben. Temperini stand dunkel und aufrecht vor dem Hauseingang und rührte sich nicht, auch nicht, als ich die Fond-Tür öffnete. Der Bürgersteig war mit nassem Schnee bedeckt. Er schaute stur vor sich hin auf den matschigen Boden, als stünden ein paar Schritte entfernt weder ein Taxi noch ein Chauffeur, der ihm einladend eine Tür aufhielt.

Also ging ich zu ihm: „Der Wagen ist da."

Ich weiß noch, dass ich den Impuls hatte, schnell

einen Schritt Richtung Haustür zu machen und auf die Klingelschilder zu sehen. Ich konnte mir einfach nicht vorstellen, dass dort sein Name stand, Federico Temperini, vielleicht hieß er ja ganz anders, aber ich ließ es bleiben. Ich stellte mich neben ihn, auf die Seite mit der normalen Hand und hielt ihm meinen Arm hin.

„Wollen wir“, sagte ich.

Temperini schaute weiter auf den Bürgersteig, einige Sekunden lang. Dann nickte er, sparsam wie immer, hob seine Hand in meine Richtung, hielt sie kurz in der Schwebe zwischen uns, als erwartete er einen Handkuss, und legte sie dann langsam auf meinem Unterarm ab. Die komische Hand hielt er in der Seitentasche seines Mantels verborgen. Wir gingen Richtung Auto. So hatte ich es jahrelang mit meinem Vater im Park des Pflegeheims gehalten, nachdem er erst seine Frau und dann sein Gedächtnis verloren hatte, nur dass sich mein Vater bei mir immer untergehakt hat, während Temperini locker seine Hand auf meinen Unterarm legte. Als ich ihn so am Arm hatte, kam mir zum ersten Mal der Gedanke, dass der alte Herr etwas von mir wollte. Und dass ich keinen blassen Schimmer hatte, was. Nur dass es mehr war als Taxifahren. Auch wenn es genau das war, was ich an diesem Abend wieder für ihn tun sollte, Philharmonie, hin und zurück.

„Als Zugabe gab es noch einmal Chopin. Opus 10. Etüde Nr. 11. Vertrackte Arpeggien. In beiden Händen. Kamen schön locker aus dem Handgelenk."

Wir fuhren durch die Nacht nach Hause.

Ich wartete.

„Trotzdem. Kein Vergleich mit Paganinis Capricen."

„Sind ja vermutlich auch zwei Paar Schuhe, Klavier und Geige."

„Vor allem die 24. Caprice, die letzte. Linke-Hand-Pizzicato und Akkordbrechungen, fliegende Staccati und Artistik mit der rechten Hand. Das beherrschen nur die Besten. Die Allerbesten."

Später saß ich am Küchentisch, hatte eine Pizza im Ofen und öffnete den Umschlag, der dicker war als sonst. Da war das Geld. Und noch etwas, stellte ich überrascht fest. Zwei Blätter Papier, offensichtlich Fotokopien, auf der einen war eine Zeichnung. Darunter hatte Temperini ein Post-it geklebt, neongelb. Nächster Termin, stand darauf, dahinter drei Ausrufezeichen, dann das Datum. 15 Uhr. Früher als sonst also.

„Tja, dieses Mal hast du Pech gehabt, Temperini", sagte ich halblaut in die Küche hinein. Der Termin fiel auf einen Mittwoch, und da spielte ich ab vier Uhr mit meinen Kumpels Badminton.

Ich sah mir die Zeichnung näher an. Paganini auf dem Sterbebett, stand darunter. Aus dem bis über die Schultern gezogenen Laken und unter Kopfbinden hervor lugte ein klitzekleines Gesicht. Ein gequälter Blick, eine scharfkantig gebogene Nase, ein von einer Kinnbinde eingeschnürter spitzer Mund. Wie ein Vögelchen mit gestutzten Flügeln, dachte ich und nahm mir das zweite Blatt vor. Rezensionen zu Paganinis Konzerten, „1830 und später" stand oben, in Schreibschrift, darunter waren gedruckte Textschnipsel zusammenkopiert, mehr oder weniger gerade, einzelne Sätze waren von Hand unterstrichen. Auf das abgehobene Geschwurbel von Konzertkritikern hatte ich eigentlich keine Lust, und schon gar nicht aus Zeitungen von 1830, aber der alte Herr hatte offensichtlich eine Bastelstunde eingelegt, und das mit seiner komischen Hand, also las ich. „Noch nie hat ein Künstler in unseren Mauern so ungeheure Sensation erregt als dieser Gott der Violine", schrieb jemand aus Wien, und weiter, dass Paganini das Stadtgespräch Nr. 1 sei, und zwar auch beim kleinen Mann auf der Straße. „Und ich glaube, selbst die Kinder vergaßen ihr Spielzeug darüber." Auch in Berlin war in seinen Konzerten der Jubel losgebrochen. „Die Damen legten sich über die Brüstungen der Galerie heraus, um zu zeigen, dass sie applaudierten; die Männer stiegen auf die Stühle, um ihn zu sehen und ihm zuzuschreien; ich habe die Berliner noch nicht so gesehen." Ein Kritiker war ganz aus dem Häuschen: „Was sind alle Töne, die man je auf Geigen gehört, gegen dieses Adagio! Ich habe gar nicht gewusst, dass es solche Töne in der Musik gibt." Gar nicht so dröge wie befürchtet, dachte ich, und dass es eine seltsame Zusammenstellung war, das Sterbebett und die Begeisterung.

Ich sagte Klaus und Wolfgang dann doch ab. Obwohl ich Temperini hätte anrufen können, um einen anderen Termin zu vereinbaren, seine Nummer hatte ich. Aber etwas hielt mich davon ab.

Als ich am Mittwochnachmittag bei Temperini vorfuhr, lag kein Schnee mehr, aber die Luft war feucht und der Himmel grau. Einer dieser suppigen nasskalten Tage Mitte Dezember, an denen du die Sonne nicht zu Gesicht bekommst und die Hoffnung auf weiße Weihnachten längst aufgegeben hast.

„Wie immer?", fragte ich ihn, während er seinen Hut neben sich auf die Rückbank legte. Vermutlich gab es auch Konzerte am Nachmittag.

„Nein. Melaten-Friedhof. Eingang Aachener Straße."

„Heute nicht zur Philharmonie?"

„Ich bezahle Sie dafür, dass Sie mich fahren."

Du mich auch, dachte ich, und dann fiel mir mein

Vater ein, und wie er seine Geschichten am Frühstückstisch oft begonnen hatte: „Wisst ihr, wohin ich ihn fahren sollte? – Darauf kommt ihr nie."

Ich schaute über die Schulter nach hinten, wo Temperini jetzt wieder aus dem Seitenfenster sah, als gäbe es da draußen mehr zu sehen als den Bürgersteig vor seinem Hauseingang.

„Eine Beerdigung?", setzte ich nach. Schwarz angezogen war er ja.

„Losfahren! Wir haben nicht ewig Zeit." Temperini beugte sich vor, legte den Umschlag auf den Beifahrersitz. „Bitte."

Ich überlegte, wo ich parken könnte, ich rechnete damit, dass ich an der Aachener Straße keinen Parkplatz finden würde. Auf der Brücke war viel los, der Dom war grau wie der Himmel und der Rhein. Temperini sagte während der ganzen Fahrt kein Wort, er saß mir ungemütlich im Nacken, schaute starr geradeaus durch die Windschutzscheibe auf die Straße, als müsste er aufpassen, dass ich Kurs hielt. Vermutlich hätte sich unter seinem Blick auch ein Meer geteilt, auf jeden Fall machte uns, als wir auf der Aachener Straße ankamen, Höhe Melaten-Friedhof, ein Auto genau im richtigen Moment Platz auf dem Parkstreifen am Straßenrand.

„Glück gehabt. Ich warte hier auf Sie." Ich

schnallte mich ab und drehte mich zu ihm um. „Wie lange sind Sie weg?"

„Sie begleiten mich." Temperini zeigte durch das Seitenfenster Richtung Friedhofsmauer.

„Beerdigungen sind überhaupt nicht mein Ding." Im Übrigen war ich dafür nicht richtig angezogen.

„Ich bezahle Sie immer für den ganzen Abend."

„Nachmittag. Heute fahre ich Sie am Nachmittag", sagte ich und versuchte dabei genauso geschäftsmäßig zu klingen wie er.

„Genau." Temperini griff links neben sich nach seinem Hut, mit der komischen Hand, und ich sah, wie seine andere ihr sofort zu Hilfe kam und übernahm, während die krampfige Hand schnell wieder neben seinem Bein verschwand. Ich war schon länger neugierig, was mit ihr passiert war, aber Temperini hielt sie immer so verstohlen und behutsam, wie etwas Kostbares, schon Zerbrochenes, ich traute mich nicht, ihn zu fragen. Vielleicht brauchte der alte Herr ja wirklich jemanden da drüben auf dem Friedhof. Ich stieg aus und hielt ihm die Tür auf. „Sie sind der Chef."

„Der Friedhof schließt um fünf." Temperini war ausgestiegen und lief los.

5

Wir gingen durch eines der großen Steintore. Vor uns lag ein breiter Weg, unter kahlen Platanen und hier und da Nadelbäumen. Temperini blieb stehen: „Hier werden seit Jahrhunderten die Toten begraben." Ich hielt Ausschau nach einer Beerdigungsgesellschaft, aber da waren nur vereinzelt ein paar Menschen auf den Wegen, vermutlich Spaziergänger, die das feuchte Wetter nicht abhielt. „Die Trauerhalle ist am anderen Eingang. Piusstraße", sagte ich. Dort hatte ich erst kürzlich wieder einen Fahrgast abgesetzt, einen alten Mann.

Temperini passt gut hierher, dachte ich, er trug wieder seine schwarze Konzert-Kluft, allerdings andere, weniger feine Schuhe.

„Liegt hier ein Verwandter von Ihnen? Ihre Familie?" Ich konnte mir das gut vorstellen. Eine dieser opulenten Grabkammern, die hier herumstanden wie Tempel. Familie Temperini.

Keine Antwort. Als hätte niemand etwas gefragt.

Damit ging der alte Herr mir zwischendurch ganz schön auf die Nerven.

„Oder Paganini? Ist der hier begraben?“ Das würde dann auch die Zeichnung im Briefumschlag erklären.

„Wilhelm Backhaus liegt hier irgendwo.“ Temperini machte eine ausladende Geste durch die Luft. „Pianist. Ende der Sechziger gestorben. Erste Einspielung aller Chopin-Etüden.“

Er lief los, blieb aber schon nach wenigen Schritten an einem großflächigen Familiengrab stehen. Ein schwarzes Kreuz und drumherum weißer Kies, darin lagen mehr als ein Dutzend rechteckiger Grabplatten. Den Namen der Familie weiß ich nicht mehr, nur dass die Toten schon lange tot waren, es gab Jahreszahlen aus dem 18. Jahrhundert.

„Einer von denen hat das Eau de Cologne erfunden.“ Temperini zeigte auf die Grabplatten.

„Echt jetzt?“ Sofort hatte ich die Flasche mit dem grün-goldenen Etikett vor Augen, die immer in Großmutter Helgas Bad auf der Spiegelablage gestanden und an der ich nach dem Pinkeln so gerne gerochen hatte. Und Großmutters massigen Körper in der Badezimmertür: „Jungchen, Finger weg von meinem Kölnisch Wasser!“

Ich drehte mich zu Temperini. „Sie kennen sich aus. Sind Sie öfter hier?“

Aber er wollte schon wieder weiter, rempelte mich kurz mit seiner Schulter an. „Ja."

„Nur so?"

„Genau."

Na toll, dachte ich. Spazierengehen auf dem Friedhof. Mir war kalt und ich wollte zurück ins heimelige Innere meines Taxis. Oder noch besser, zum Badminton mit Klaus und Wolfgang. Wir gingen eine Weile schweigend nebeneinander her. Ich versuchte mich seinem gemächlichen Schritt anzupassen. Er hatte die Hände auf dem Rücken verschränkt, schritt die Gräber links und rechts der Wege ab. Als ich vor einem Sarkophag stehenblieb, an dem zwei steinerne Engel lehnten und traurig dreinschauten, ging Temperini ohne mich weiter. Ich holte ihn wieder ein, als er auf einer Holzbank neben einem Skelett aus Sandstein Halt machte. Aus den Augenhöhlen seines Totenschädels blickte es in die Ferne und zeigte durch einen Schlitz seines Gewands Bein: Fußknöchelchen, Unterschenkelknochen und Kniegelenk. In der einen Hand hielt es eine Sanduhr. In der anderen nichts, aber da war eine kleine Bruchstelle im Stein. Der Sensenmann.

Wie ich Temperini da so sitzen sah, hager, schwarz und überragt vom Tod, fragte ich mich, wie alt er wohl war. 80. Vielleicht auch schon 85? Oder auch nicht, dafür lief er noch zu aufrecht und wacker.

Aber sein Gesicht kam mir immer sehr bleich vor, vielleicht wirkte das auch nur so durch das schwarze Haar, oder er war nicht gesund.

Der alte Herr stand auf und lief weiter, hielt aber bald vor einem anderen Grabstein. Ich lief ihm hinterher und stellte mich neben ihn.

„Sieht aus wie diese Steinöfen, die sich die Leute heutzutage in den Garten stellen. Nur dass bei diesen hier Lämpchen in der Öffnung stehen, wo eigentlich die Pizza liegt", sagte ich.

„Wie bitte?" Temperini klang pikiert.

„War nur ein Witz." Vielleicht wäre das ja mal was für Leo und mich, dachte ich, hierherzukommen und zwischen den alten Gräbern herumzuschnüffeln. Vielleicht würde ihm das gefallen, mehr, als mit seinem Vater im Wohnzimmer zu hocken. Der Abend nach dem Hochsprung-Meeting war zäh und Leo war müde gewesen. Irgendwann zeigte er auf das Foto meines Vaters auf dem Regal mit den Biografien und das meiner Mutter zwei Regalbretter weiter oben und sagte: „Die sehen auch irgendwie geschieden aus."

Ich sagte nichts dazu, erzählte ihm nicht, dass ich gemeinsame Fotos meiner Eltern grundsätzlich nicht mag, auf denen sie nebeneinander stehen und mein Vater dann so klein ist. Auch nicht ihr Hochzeitsbild, von dem ich weiß, dass der Fotograf den

Bräutigam auf einen Fußschemel gestellt hatte, damit er seine Braut auf Augenhöhe anschauen konnte.

„Vielleicht komme ich einmal mit Leo her. Am besten bei Nacht. Sie wissen schon, mein Sohn. Gar nicht so einfach, so ein Wochenende mit einem Sechzehnjährigen. Unser letztes war etwas mau." Im Geiste sah ich mich schon mit Leo über die Friedhofsmauer klettern, sah den Lichtkegel unserer Taschenlampe über die Grabmäler huschen, hier ein Engelsflügel, dort ein Totenschädel, ein Schwert, ein Kreuz oder ein Fuß, an dem das Moos hochkroch wie ein Ausschlag.

„Die bieten hier auch Nachtführungen an." Temperini war vor einer riesigen Granitplatte stehengeblieben, unter der, den Jahreszahlen nach, Eltern, Kinder und Kindeskinder vereint waren. Er hielt den Kopf gesenkt, verschränkte seine Arme vor der Brust und schaute eine Weile lang regungslos auf das Grab. Ich machte es ihm nach und wartete, ich spürte, da kam noch mehr.

„Achill konnte seinen Vater erst 36 Jahre nach seinem Tode in geweihter Erde begraben." Er blickte mich an, und ich sah, er wollte sichergehen, dass ich ihm zuhörte.

„Was auch immer dann noch übrig war von seinem Vater, in der Kiste, meine ich." Ich wollte mir das lieber nicht vorstellen.

„Nein. Ein Freund ließ Paganinis Leichnam konservieren, nachdem der Klerus verboten hatte, ihn christlich zu begraben. Eine Schande. Und dabei hatte Achill seinem Vater versprochen, für ein christliches Begräbnis zu sorgen." Temperini war wieder weitergelaufen, die Hände schob er in die Manteltaschen. „Dieser Freund, ein Graf, er nahm auch den 14-jährigen Achill bei sich auf."

Und während wir weiter die Grabsteine abschritten, erzählte Temperini von Paganinis ruheloser Leiche. Der Graf hatte den Leichnam jahrzehntelang versteckt, also quasi zwischengelagert, und zwar zunächst im Keller seiner Villa. Wie Winterreifen, dachte ich. Später dann, weil hartnäckige Neugierige und Fans das Grundstück belagerten, mehrere Jahre lang in einer Höhle auf einer unbewohnten Felseninsel, für kurze Zeit sogar in einem großen Fass einer Öl-Mühle – was der Moment in Temperinis Erzählung war, in dem ich mir vornahm, mir eine Paganini-Biografie zu besorgen. Der Kerl hatte eine Menge durchgemacht, und das nicht nur zu Lebzeiten. Nach einer Stippvisite im Keller der Paganini-Villa, in der der mittlerweile erwachsen gewordene Achill mit Frau und neugeborenem Sohn lebte, und nach mehreren Jahren in der Sakristei einer

Pfarrkirche war Paganinis Leichnam schließlich auf dem Friedhof zu Parma gelandet. Allerdings auf der falschen, nämlich der ungeweihten Seite. In einem unterirdischen Verlies. Und dann endlich, nach weiterem Hickhack mit der Kirche und bevor Achill zwei Jahre später selbst in die Kiste und unter die Erde musste, auf der christlichen Seite desselben Friedhofs. Und das alles nur, weil der Papst und wer damals sonst in der Kirche das Sagen hatte, einem hinterhältigen Priester Glauben schenkten: Der sterbende Paganini habe es ihm gestanden, der Teufel hatte ihm den Bogen geführt.

So lang hatte ich Temperini noch nie am Stück reden hören. Der alte Mann war sichtlich bewegt.

Es dämmerte, und außer uns beiden waren kaum noch Besucher auf den Wegen. Wir gingen jetzt schweigend durch eine lange Allee von Platanen. Die grünliche Rinde der Bäume blätterte überall ab, darunter kam nacktes, fast weißes Holz zum Vorschein. Die fleckigen Stämme sahen aus wie die verwitterten Steine auf den Gräbern.

„Es wird bald dunkel“, sagte ich. Mir war kalt. Und ich hatte für diesen Nachmittag genug Tote um mich gehabt.

Temperini schaute prüfend Richtung Himmel.

Ich schaute auf mein Handy. „Es ist halb fünf.“

„Gut. Nach Hause."

Ich hielt ihm den Arm hin, er zögerte kurz, dann nahm er ihn. Schweigend gingen wir Richtung Ausgang und Taxi.

6

Als wir losfuhren, war es fast dunkel. Ich machte die Sitzheizung an, genoss die Wärme. Draußen fing es heftig an zu regnen, die Scheibenwischer flitzten hin und her. Temperini schaute aus dem Seitenfenster, den Kopf hatte er an die Stütze gelehnt. Wir schwiegen, es hatte etwas von der wohligen Stille nach einem Ausflug mit Leo, wenn er zufrieden und müdegetobt in seinem Kindersitz eingeschlafen war.

Wir waren schon über dem Rhein, als Temperini die Stille unterbrach: „Auf dem Friedhof des Lido. Als er in Venedig war, spielte Paganini nachts auf dem Friedhof des Lido für die Toten." Er hatte den Kopf noch immer angelehnt, das sah ich im Rückspiegel, er schaute nach oben ins Leere. Ich wartete. „Er stand zwischen den Gräbern und spielte. Die Zuhörer kamen erst zufällig, und dann Nacht für Nacht wieder, saßen auf den Gräbern, lauschten und weinten um ihre Toten." Ich stellte mir das vor, Paganini mit der Geige, zwischen Gräbern wie auf dem Melaten-Friedhof, aber dann, als Temperini nichts weiter sagte, ließ ich die Toten Tote sein und nahm mir vor, noch zu Wolfgang und Klaus in Marias Taverne dazuzustoßen, auf ein Bier und einen Teller Gyros.

Vorher setzte ich den alten Herrn zuhause ab. Als er vor mir stand, sagte ich ihm noch, dass es besser wäre, den nächsten Termin wieder telefonisch durchzugeben, und dass ich dieses Mal einen wichtigen privaten Termin für ihn hatte sausen lassen.

„Sie hören von mir." Temperini verzog keine Miene. Er tippte mit dem Zeigefinger an die Krempe seines Hutes, drehte sich um und lief im Licht der Straßenlaterne Richtung Hauseingang.

Auf dem Parkplatz vor der Taverne stellte ich meinen Wagen neben Wolfgangs Taxi. Klaus' silberner Golf stand nicht da, also hatte Wolfgang ihn vor seinem Büro eingesammelt.

Die beiden saßen an unserem Tisch vor der Wand mit der Fototapete, auf der eine rote Sonne im Meer versank. Maria stand hinter dem Tresen und zapfte. „Hab dich schon vermisst", sagte sie.

Ich mochte Marias Taverne. Stühle und Tische in Eiche rustikal, vom Voreigentümer übernommen, eine azurblau gestrichene Decke, von der Fischernetze hingen, in denen Plastikfische verendeten, und mehrere Messing-Lampen mit altrosa geblümten Rüschenschirmen, wie früher bei Großmutter Helga über dem Esstisch. Einen besseren Gyros-Teller als den von Maria gab es nirgends in der Stadt, und Wolfgang und Klaus ließen es sich schon schmecken.

„Und was genau war wichtiger als wir?" Wolfgang spießte Gyros-Stücke auf seine Gabel, hielt sie kurz in die Luft und betrachtete sie, ließ die Gabel im Mund verschwinden und zog sie langsam und genüsslich zwischen den Zähnen wieder hervor.

Ich hatte am Telefon nur von einem wichtigen Auftrag gesprochen und auch sonst noch nichts von Temperini erzählt. Er hätte eigentlich gut zu unseren Geschichten gepasst, in die Hitliste der verrückten Fahrgäste, die Wolfgang und ich führten. Klaus wollte es oft nicht glauben, auch nicht letzte Woche: „Red doch keinen Scheiß!" Wolfgang konnte tolle Geschichten erzählen, aber manchmal hatte auch ich ihn in Verdacht, nicht ganz bei der Wahrheit zu bleiben. „Ohne Scheiß. Als wir an der Ampel standen, hat er „runter" gezischt, ist von seinem Sitz gerutscht, hat versucht, mich zu sich nach unten zu ziehen. „Der dunkle Mercedes hinter uns. Wir werden verfolgt, wusste ich es doch", hat er zu mir hochgeflüstert. Schon beim Losfahren hat er sich immer so hektisch umgeschaut. Verrückt, der Kerl, die totale Paranoia."

Ich dachte an den Teufelsgeiger. Und dann erzählte ich doch nur das Nötigste, wie der alte Herr das erste Mal angerufen und einen Chauffeur gesucht hatte, dass er meist zur Philharmonie und zurück wollte und vorher anrief, dieses Mal aber einen Zettel mit dem Termin ins Kuvert mit dem Geld gesteckt hatte und dann nachmittags zum Melaten wollte, spazieren gehen, gemeinsam mit mir.

„Der Typ hat dich ganz schön am Wickel." Wolfgang stellte sein Bierglas ab.

„Ja." Und zieht mich in etwas hinein, dachte ich. Und dass er mir irgendwie keine Wahl ließ, dass ich wissen musste, wie es weiterging, mit ihm und Paganini, oder mit was auch immer, und dass Temperini eben doch eine andere Geschichte war, keine für unsere Sammlung.

„Wie kommt der eigentlich auf dich?", fragte Klaus.

Ich aß mein Gyros. Klaus bestellte per Handzeichen noch ein Bier bei Maria und fragte nicht weiter.

Zuhause setzte ich mich noch an den Küchentisch und öffnete Temperinis Briefkuvert. Ich war gespannt. Da war das Geld. Und zwei Fotokopien, wieder mit Bildern und Textschnipseln. Kein Post-it dieses Mal und kein neuer Termin. Das eine Gemälde kannte ich schon aus dem Internet, Paganini, wie er Geige spielt, und sein dünner Körper so um das Instrument fließt. Die Texte, die Temperini unter das

Bild kopiert hatte, kannte ich noch nicht. „Das Erscheinen dieses Hexers wäre geeignet, die Mehrzahl der Violinisten in den Selbstmord zu treiben", schrieb eine Zeitung aus London. Die Zeilen hatte der alte Herr unterstrichen, auch das Wort „Gespenst" in der Kritik darunter: „Wenn Paganinis gespensterhafte Gestalt die Violine ergriff und den Bogen auf den Saiten sausen ließ, so spann der die Gefühlsfäden seiner Hörer in eine andere Welt hinüber, in ein nebelhaftes Geisterreich; er spielte nicht wie ein Mensch, er spielte wie ein Gespenst." Dieser Spuk war 1836 in der „Mitternachtszeitung" erschienen. Der dritte Ausschnitt war quer zu den anderen beiden geklebt. „Seine Kompositionen sind nur der Rahmen, in welchem er immer selbst erscheint, um sich auszurasen und dann erschöpft hinzusinken."

Der arme Kerl hat sich mit seiner Geige ganz schön verausgabt, dachte ich, und dass man das aber auch einfacher ausdrücken könnte. „Nach dem ersten Stück brachte man ihm seinen Pelz; er hüllte sich, blass wie der Tod, hinein, trocknete den Schweiß von der Stirn und sank förmlich in einen Stuhl." Ich sah ihn vor mir, bleich und ausgemergelt, so wie auf den meisten Bildern, die ich von ihm kannte.

Auf dem anderen Blatt war nur ein Bild, ein Kind, erst dachte ich, ein Mädchen, weil es die Haare als Pagenschnitt trug und einen riesigen Spitzenkragen über dem bauschigen Kittel, der ihm bis zu den Knien reichte. Aber dann las ich die Bildunterschrift: „Achill im Alter von sieben Jahren." Paganinis Sohn. Er hatte die Hände hinter dem Rücken verborgen, stand angelehnt an ein Sofa, und sein Gesicht war sehr fein, er schaute offen, arglos, wie Kinder es noch tun. Ich konnte ihn mir nicht mit seinem Vater vorstellen, an seiner Hand, neben ihm in der Kutsche, und schon gar nicht auf seinem Schoß.

Ich steckte die Fotokopien zurück in den Briefumschlag, holte den Laptop aus dem Wohnzimmerregal und ein Bier aus dem Kühlschrank, setzte mich zurück an den Küchentisch und suchte im Internet nach einer Paganini-Biografie. Es gab einige ältere, deren Cover langweilig aussahen, und zwei oder drei, die in den letzten Jahren erschienen waren. Eine hatte das Wort „Fluch" im Titel, das klang vielversprechend und kam, nach allem, was ich bisher wusste, der Sache am nächsten. Also bestellte ich mir diese.

Zeit zum Schlafengehen, dachte ich, stellte das Bierglas in die Spüle und brachte den Laptop wieder zurück ins Wohnzimmerregal. Meine Mutter schaute auf mich herunter. Ich nahm ihr Foto und stellte es zwei Regalbretter niedriger neben das meines Vaters und die Biografien.

Beim Einschlafen schritt ich mit Temperini Gräber ab, und in der Nacht träumte ich, einen dieser Träume, die du nicht vergisst, mit Bildern wie Erinnerungen: Es ist Nacht auf dem Melaten-Friedhof und sehr dunkel. Ich stehe am Rand einer Wiese, auf der Grabsteine verstreut sind wie hingeworfen, einige flach auf dem Boden, andere stehend mit Schlagseite. Einen Moment lang huscht Scheinwerferlicht darüber. Ein Taxi hält am Wiesenrand, als ob er ein Bürgersteig wäre, die Fond-Tür geht auf und Paganini steigt aus, seine Geige in der Hand. Er sieht aus wie Temperini, trägt seinen Hut, seinen Mantel. Aber es ist nicht Temperini, das weiß ich genau, ich sehe es an seinen Händen, die sind beide in Ordnung. Paganini geht an den Grabsteinen vorbei, und dann treten zwischen den Bäumen am Rande der Wiese Menschen hervor, Männer in dunklen Gehröcken und Frauen in langen Kleidern, sie gehen schweigend über das Gras, setzen sich auf die Grabsteine und warten. Paganini steht da in ihrer Mitte, in Mondlicht getaucht wie in Bühnenlicht, schwarz, lang und hager, und im Gesicht ist er sehr bleich, er hebt seine Geige ans Kinn und beginnt zu spielen. Ich sehe, wie die Zuhörer lauschen und weinen, aber ich selbst kann die Musik nicht hören. Der große Paganini lässt seine Geige erklingen, und ich höre sie nicht. Und dann erscheint meine Mutter. In einem langen dunkelroten Kleid. Sie geht langsam zwischen all den Menschen hindurch auf Paganini zu, bis sie vor ihm steht. Sie ist wunderschön. Sie lächelt ihn an. Er lässt seine Geige sinken, und sie nimmt sein Gesicht in ihre Hände und küsst ihn auf die Stirn. Und da schrumpft er, der große Paganini, wird klein wie mein Vater und reicht meiner Mutter nur noch bis zum Kinn, auf dem Kopf hat er jetzt eine Schirmmütze, und die Geige in seiner Hand ist fort.

Dann wachte ich auf, und ich weiß noch, dass ich traurig war, wehmütig irgendwie, und dass ich mich fragte, wie meine Eltern da hineingeraten waren, und warum es war wie im Stummfilm, warum ich die Geige im Traum, wo doch alles möglich ist, nicht hören konnte, und ob es anders gewesen wäre, wenn Paganini einen Song gespielt hätte statt seiner Musik. Es ist nicht so, dass ich klassische Musik nicht mag, ich höre sie einfach selten, früher noch seltener als heute. Zuhause hatte es viel Musik gegeben, mein Vater brachte die Stars, als Geschichten aus seiner Limousine und ihre Namen auf die Rückseite seiner Visitenkarte gebannt, mit in unsere Wohnung, und ihre Songs erklangen aus dem Küchenradio. Meine Mutter hörte gerne Klassik-Sendungen, aber auch Platten und Kassetten von der Musikanlage im Wohnzimmer, Opern und Orchestermusik. Manchmal fuhr mein Vater berühmte Geiger oder Pianisten oder Opernsänger. Ihre Namen kannte ich nicht und sie waren mir egal, wahrscheinlich fanden ihre Autogramme deswegen nicht den Weg auf den Küchentisch und später in meine Schatzkiste, vermutlich auch erst gar nicht auf die Visitenkarten meines Vaters. Einmal war das anders, daran erinnere ich mich noch, das war, als ein Geiger mitsamt seinem Geigenkasten im Fond seiner Limousine gesessen hatte. Am nächsten Morgen stand mein Vater vom Küchentisch auf, ging zu meiner Mutter und legte ihr das Autogramm neben mein Schulbrot, das sie gerade richtete, dieses Mal klatschte sie nicht in die Hände, sondern beugte ihren Kopf zu ihm hinunter und küsste ihn auf die Wange.

7

Er rief an, als ich am Barbarossaplatz stand oder vielmehr saß, in meinem Taxi, ich las die Zeitung. Es war Ende Januar, unser Ausflug auf den Melaten-Friedhof war schon einige Wochen her und Weihnachten und Silvester vorbei, und ich hatte mich schon gefragt, ob alles ok war bei dem alten Herrn.

„Federico Temperini."

„Ah, Sie." Ich legte den Stadt-Anzeiger auf den Beifahrersitz.

„Nächsten Dienstag?"

Ich weiß noch, dass ich dachte: Schau an, der alte Herr kann ja fragen.

„Alles klar." Dienstagabend war ich frei. „Wohin soll es denn gehen? Friedhof oder Philharmonie?"

„Philharmonie. Uhrzeit wie immer."

„Keine Lust mehr auf Tote?" Das war mir so herausgerutscht und ich schob schnell nach: „Gut, von Ihnen zu hören."

„Bach. Violinkonzert." Dann schwieg er, es war, als

wartete er auf etwas, aber was sollte ich dazu sagen, zu Bach, also schwieg ich auch, und er legte auf.

Als er am Dienstagabend den Umschlag nach vorne reichte, sagte ich ihm, dass er nichts mehr hineinlegen musste, also das Geld schon, aber nichts mehr über Paganini.

„Ich habe mir seine Biografie besorgt. Bin schon durch."

Ich beobachtete ihn genau im Rückspiegel, er verzog keine Miene.

„Welche?"

Ich sagte es ihm, schaute über die Schulter nach hinten und sah, wie er seine Augenbrauen hob.

„Der versteht ihn auch nicht." Temperini machte eine wegwerfende Bewegung mit der Hand, mit seiner gesunden.

„Wieso? Mir hat es gefallen. Krasses Leben." Ich hatte das Buch verschlungen, es gab zwar einige dröge Stellen, aber die hatte ich einfach überblättert.

„Seine Musik. Man muss seine Musik verstehen." Temperini beugte sich vor und zeigte auf den Umschlag auf dem Beifahrersitz. „Da drin. Nicht vergessen!"

Er legte sich nicht fest, wann er heimgefahren werden wollte, ob vor der Pause oder nach Konzertende.

„Bach kann ermüdend sein", sagte er, während er sich zum Aussteigen bereit machte und nach Handschuhen und Hut griff.

Nachdem der alte Herr gegangen war, nahm ich Paganinis Biografie aus dem Handschuhfach und blätterte ein wenig darin herum, es gab eine Menge Bilder und auf der letzten Seite eines seiner Hand, seiner toten, faltigen Hand, sie war sehr schmal und die Finger sehr dünn und wie langgezogen. Das Buch hatte ich am Morgen eingesteckt, warum auch immer, legte es jetzt aber bald wieder weg. Ich konnte den Rückruf nicht länger herauszögern. Irene hatte mir zwei Tage vorher auf die Mailbox gesprochen: „Ruf mich bald mal zurück! Es geht um unseren Sommerurlaub." Sie hatte „unseren Urlaub" gesagt, nicht „Leos", und ich hatte kein gutes Gefühl, als ich ihre Nummer wählte.

Sie redete nicht lang drumherum: „Hör mal, diese Sommerferien müssen wir es anders machen. Ulrich nimmt sich länger frei und macht mit Leo eine Rundreise durch Kanada. Sechs Wochen, Rocky Mountains und Westküste. Mit dem Camper."

„Wow", sagte ich und meinte damit nicht die kanadischen Rockys, sondern den Schlag in meine Magengrube, denn genauso fühlte es sich an: Leo, hinter der riesigen Windschutzscheibe eines Wohnmobils sitzend, die Füße lässig hochgelegt, neben ihm Ulrich, das Steuer in der Hand. Und draußen Kanada. Ausgerechnet Kanada.

„Weiß Leo schon davon?“

„Klar.“

„Und was sagt er dazu?“

„Na, was wohl. Er freut sich. Total. Oder was hättest du gemacht, wenn dein Vater dir eine Reise durch Kanada geschenkt hätte?“

„Schon klar.“ Nur dass Ulrich nicht Leos Vater war, sondern ich, und darum war ich es, der am Steuer saß, auf den Touren mit meinem Sohn, die als Gute-Nacht-Fahrten im Kindersitz durch ganz Köln begonnen hatten und die sich in all den Sommerferien nach und nach zu dem ausgewachsen hatten, was Leo und ich irgendwann „Road Trip through Germany“ nannten. Losfahren ohne Ziel, unser Zelt aufschlagen, wo wir wollten, zwei Wochen lang. Und jetzt Leo mit Ulrich. Kanada. Eine Ewigkeit lang.

„Hey Jürgen, ein Road-Trip through Canada, das wäre der Knaller.“ Leo war auf die Idee gekommen, als wir gemeinsam vor dem Fernseher saßen und eine Kanada-Doku sahen. Wart ab, wir zwei, bald hast du dein Abi, hatte ich gedacht. Aber nicht gesagt. Und dann erzählte er wohl Ulrich davon, wie cool es da sein muss, in den Rockys.

„Ich fliege später nach“, sagte Irene, „und stoße an der Westküste zu den beiden. Ich kriege nicht so lange Urlaub." Sie machte eine Pause. „Wir dachten, wir sagen es dir früh genug."

„Früh genug? Für was?"

Irene wusste genau, wie wichtig mir die beiden Wochen mit Leo waren.

„Ach komm, Jürgen. Sei nicht so. Leo kann in den Pfingstferien zu dir kommen."

„Du hättest mich vorher fragen müssen." Oder Leo hätte es mir selber sagen können, dachte ich. Ich fragte nicht, ob er da war und ich ihn sprechen konnte.

„Und dann? Was hätte das geändert?" Jetzt klang sie genervt.

„Eben."

Es hätte nichts geändert. Da hast du einen Sohn, aber du bist nicht seine Familie. Du bist sein Vater, und was heißt das? Ich zuckte zusammen, als es an der Scheibe der Beifahrerseite klopfte, draußen war es dunkel, der Mantel im Fenster auch. Temperini war zurück. Er klopfte noch einmal, schon heftiger. Ich schaute auf die Uhr, es war noch vor neun.

Ich ließ das Seitenfenster herunter und lehnte mich über den Beifahrersitz hinüber, so dass ich sein Gesicht sehen konnte: „Sie sind zu früh."

„Bist du im Taxi?", fragte Irene.

„Ja. Ein Fahrgast", sagte ich ins Telefon, und zu Temperini: „Bin gleich bei Ihnen." Und dann rutschte ich wieder zurück und schloss das Fenster. Das Letzte, was ich jetzt gebrauchen konnte, waren der alte Herr und seine Musik.

„Wir sind ja auch fertig", sagte Irene.

Sind wir nicht, dachte ich, aber draußen stand Temperini und rührte sich nicht vom Fleck, er beugte sich nicht hinunter, um zu sehen, was ich machte, aber er trat auch keinen Schritt zurück.

„Irene, so geht das nicht." Durch das Seitenfenster sah ich Temperini, seinen schwarzen Mantel und die vorgewölbte Seitentasche, in der seine Hand steckte.

„Ich muss jetzt weiter", sagte ich. Und dann legte ich auf.

Dieses Mal stieg ich nicht aus, sondern reichte über den Beifahrersitz und stieß die Tür von innen auf.

Temperini rührte sich nicht.

„Kommen Sie schon. Rein mit Ihnen!" Für unsere Chauffeurs-Nummer hatte ich jetzt wirklich nicht den Nerv.

„Ich bin nie zu früh", sagte Temperini, während er hinten einstieg.

„Ja, ja, ich weiß, Sie bezahlen mich für den ganzen Abend." Dabei drehte ich mich zu ihm um. „Darum fahre ich Sie ja jetzt auch brav nach Hause." Ich merkte, wie unfreundlich ich klang, und richtig,

Temperini schaute mich mit hoch gezogenen Augenbrauen an und erwiderte nichts.

Also schnallte ich mich an und fuhr los. Die Straßen waren abendlich leer, und in Gedanken diskutierte ich weiter mit Irene, sagte ihr gehörig die Meinung. Auf der Rückbank blieb es ruhig. Wir waren schon fast an der Brücke, der Dom stand da und leuchtete, ich wusste nicht, wie ich dorthin gekommen war, als Temperini es wohl nicht mehr aushielt: „Historische Aufführungspraxis, ich hätte es wissen müssen. Viel zu kleinteilig artikuliert. Macht Bach noch anstrengender."

Nein, du bist anstrengend, dachte ich.

„Die mit ihren gestreckten Bögen. Das Gesangliche kommt abhanden."

Ich ließ ihn reden.

„Paganinis Strich dagegen ..."

Bitte nicht Paganini, dachte ich und unterbrach ihn: „Sie sind nicht der einzige, der heute einen beschissenen Abend hatte."

Temperini sprach nicht weiter, schaute nach vorne, einige Sekunden lang, dann trafen sich unsere Blicke im Rückspiegel. Vielleicht täuschte das, aber ich hatte das Gefühl, er schaute fragend.

„Das eben, das war meine Ex. Ihr Neuer, er will mit Leo im Sommer durch Kanada reisen."

Temperini beugte den Kopf nach vorne: „Und?"

„Sechs Wochen lang." Ich sah sie vor mir, Leo und Ulrich, auf Stühlen vor ihrem Super-Camper, sie unterhielten sich, und Leos Augen, sie leuchteten, sie hatten schon Bären gesehen, Gletscher und tief eingeschnittene Canyons.

Temperini war auf der Rückbank nach vorne gerutscht, ich spürte seinen Kopf knapp hinter meiner rechten Schulter.

„Eigentlich machen wir in den Sommerferien immer unsere Tour durch Deutschland. Einfach drauflosfahren, Zelt und Luftmatratze im Kofferraum. Mehr brauchen wir nicht." Was mittlerweile nicht mehr ganz stimmte, zumindest nicht für Leo, der es zunehmend cooler fand, in Motels nahe der Autobahn abzusteigen.

„Mit diesem Wagen?" Temperini klopfte an meine Kopfstütze.

„Seinem Vorgänger. Als die Trips noch kürzer waren." Leo hatte es geliebt, damals, auf unseren ersten mehrtägigen Touren, wenn jemand an das Fenster unseres Taxis klopfte, ich die Scheibe herunterließ und dann ernst und laut sagte: „Tut mir leid. Ich habe schon einen Fahrgast." Und ich dabei auf Leo zeigte. Er lächelte dann immer huldvoll von seiner Sitzerhöhung hinüber, hob einen Arm wie zum Gruß. Ich nahm das Taxischild deswegen nie ab und ließ das Frei-Licht zwischendurch an.

Temperini schwieg, draußen war es jetzt Nacht, eine klare, ich sah die Lichter der Stadt vorbeiziehen und den Mond darüber, fast voll, und ich dachte an den Sternenhimmel über den Bergen und Wäldern Kanadas, was man über ihn sagte, dass er so prächtig und klar ist, ohne die Lichtverschmutzung der Städte.

„Ich wollte ihm das zum Abi schenken. Wir beide mit dem Wohnmobil durch Kanada." Ich sah, dass Temperini sich jetzt wieder zurückgelehnt hatte. „Kostet ein Vermögen", sagte ich, „allein der Flug. Aber das ist es wert." Und Ihr Geld aus den Umschlägen, ich lege es immer weg dafür, in die Schublade der Flurkommode, das dachte ich, sagte es aber nicht, der alte Herr musste ja nicht alles wissen. Wir bogen gerade in seine Straße ein, als Temperini sich noch einmal vorbeugte: „Neuseeland. Sie können mit ihm ja durch Neuseeland fahren."

Bevor er ausstieg, zeigte er noch einmal auf den Umschlag auf dem Beifahrersitz. „Da drin. Wichtig."

Ich stieg aus und hielt ihm die Tür auf. Er gab mir die Hand, die krampfige hielt er hinter seinem Rücken, und während er wieder einmal im Licht der Straßenlaterne auf den Hauseingang zuging, nahm ich mir vor, ihn das nächste Mal einfach darauf anzusprechen, ihn zu fragen, was mit ihr passiert war, mit seiner komischen Hand.

8

Ich fuhr los, aber nicht nach Hause. Mir war nach einem Abstecher in Marias Taverne, auf ein Kölsch, und vielleicht machte Maria mir auch noch einen Gyros-Teller. Es war schon nach zehn.

Unser Sonnenuntergangs-Tisch, wie Klaus ihn nannte, war frei, aber ich setzte mich an die Bar. Maria zapfte hinter dem Tresen und sah toll aus, mit ihren hellen Locken. Sie trug sie oft zu einem dicken festen Zopf geflochten, heute Abend aber offen, nur mit einem Tuch locker im Nacken zusammengehalten.

„Hey, Maria. Krieg' ich noch was zu essen?"

„Weil du es bist." Sie strahlte mich an. Auf der Foto-Wand geht die Sonne unter, und bei Maria hinter dem Tresen geht sie auf, hatte Wolfgang einmal gesagt, als er einen sitzen hatte.

Am großen Tisch mit der Eckbank bestellte jemand laut ein Bier: „Maria, mia álli býra!" An der Fensterseite saßen zwei Männer mit noch feuchten Haaren, aus ihren Sporttaschen ragten die Badmintonschläger. Die übliche Mischung aus Frischgeduschten von der Sportanlage gegenüber und Griechen, die in Marias Taverne offenbar fanden, was sie mochten. Obwohl Maria gar nicht Griechin war, sondern eine waschechte Kölnerin, der aus einer kurzen Ehe das Beste geblieben war, was ihr Ex zu bieten hatte, wie sie es ausdrückte: die Liebe zu seiner Heimat und zur griechischen Küche.

Maria nahm meinen leeren Teller vom Tresen und stellte ihn in die Durchreiche hinter ihr. Ich trank mein Kölsch aus, mein drittes. „Noch eins."

Sie schaute mich forschend an.

„Ich verliere Leo", sagte ich schließlich.

Sie zapfte und tauschte mein leeres Glas gegen das volle. „Das nennt man Pubertät."

„Nein. Ich verliere Leo an Ulrich. Du weißt schon, Irenes Neuen." Und ich erzählte ihr vom Telefonat, und dass ich nicht einmal gefragt worden war.

„Ach herrje, Jürgen, da kam wohl der Kamm beim Knoten an." Maria strich mir kurz über die Hand. „Sagen die Griechen. Wie auch immer. Die Abi-Reise gehört dir und Leo, und ihr zwei reist einfach woanders hin. Die Welt ist groß."

Neuseeland, dachte ich, und dass das heute schon einmal jemand zu mir gesagt hatte, ich hörte Temperinis tiefe Stimme nah an meinem rechten Ohr.

Maria griff nach dem Geldbeutel, am Tisch in der

Ecke wollte jemand zahlen. „Leo hängt an dir. Und das weißt du."

Ich trank mein Kölsch. Irgendwann fischte ich die Muscheln aus einem der mit Sand gefüllten Gläser, die überall herumstanden, und schob sie mit dem Zeigefinger auf dem Tresen hin und her.

Maria setzte sich auf den Barhocker neben mir und mir fiel auf, dass ihre Füße nackt in Sandalen steckten.

„Es ist Winter", sagte ich und zeigte nach unten.

„Ich bestell dir ein Taxi."

„Draußen steht eins."

Ich legte einen Fünfziger auf die Theke.

„Und da bleibt es auch." Maria lehnte sich nach vorne über die Theke und griff nach ihrem Handy. Ich ließ sie machen.

Als das Taxi neben mir hielt, kniete ich mit einem Bein auf meinem Fahrersitz und angelte im Handschuhfach nach dem Wohnungsschlüssel. Maria stand im Eingang zur Taverne, mit dem Rücken gegen die Tür gelehnt und schaute mir zu. Ihre Arme hatte sie um den Oberkörper geschlungen, vermutlich war ihr kalt. Der Parkplatz war beleuchtet, aber ringsherum war es finster.

Ich hatte mich schon wieder aufgerichtet, als ich den Umschlag auf dem Beifahrersitz sah. Also beugte ich mich noch einmal hinunter, verfluchte dabei die letzten Kölsch und steckte ihn in die Innentasche meiner Lederjacke.

Der Fahrer stieg aus, ich kannte ihn nicht, ein junger Kerl mit dunklem Bart. Er schaute unschlüssig erst zu mir, dann zu Maria.

„Der da." Sie zeigte auf mich. „Einmal nach Hause."

„Bist du Kollege?", fragte er.

Nach was sieht es denn aus, dachte ich und schloss meine Fahrertür.

„Vollgetankt, der Kollege." Maria winkte mir zu, drehte sich um und verschwand in der Taverne.

Ich stieg hinten ein. Das Leder auf dem Rücksitz war rissig, es lagen Zeitungen herum, und aus einem leeren Becher tropfte Kaffee auf das Papier. Sei froh, dass ich nicht Temperini heiße, dachte ich, und zum Bärtigen sagte ich: „Richtung Klettenberg."

„Lieber Straße sagen. Und wenn schlecht, auch sagen." Er drückte seine Hand auf die Magengegend und tat so, als würde er sich übergeben.

Am Innenspiegel baumelte einer dieser Duftbäume und parfümierte die Luft. Ich schloss die Augen und überließ mich den Fahrgeräuschen. Meine Blase drückte, aber schlecht war mir nicht. Fetzen des Tages schwappten durch mein Hirn. Temperinis dunkler Mantel vor dem Beifahrerfenster, Irenes

Stimme, Leo und Ulrich auf ihren Camping-Stühlen, und über allem hörte ich Clapton. Bei „Tears in Heaven“ ist mir jedes Mal von neuem zum Heulen, das nutzt sich nicht ab. Mein Gott. Man mag sich das nicht vorstellen, New York, 50. Stock, bodentiefe Fenster in der Wohnung, in der deine Ex mit ihrem Neuen wohnt, und ein Hausmeister, der ihr die Fenster putzt. Du bist auch an diesem Tag nicht da, du bist das, was man einen abwesenden Vater nennt. Ein kurzer unheilvoller Moment und dein vierjähriger Sohn stürzt durchs offene Fenster hinunter. Ein Jahr später besingst du deine Trauer dann in einem Song und gewinnst damit zig Awards, vom millionenfachen Verkauf einmal ganz abgesehen.

„Would you know my name if I saw you in heaven."

Ich öffnete die Augen, wir standen an einer Ampel, kurz vorm Gürtel. Was für ein beschissener Abend. Und morgen früh würde ich mein Taxi holen müssen.

„Blöd gelaufen heut Abend“, sagte ich nach vorne zum Bärtigen, ich sah seine Augen im Rückspiegel.

„Ich mache Pauschale. Für Kollegen. 15 Euro“, sagte er.

Das war nett, auch wenn es die Sache nicht besser machte. Ich nickte, dachte an Temperinis Pauschale, die Umschläge mit dem Geld, die in der Kommodenschublade lagen, für Leo und unsere Kanadareise. Ich zog den Briefumschlag aus meiner Jackentasche und öffnete ihn, der alte Herr klebte ihn nie zu. Mit dem Daumen fuhr ich über die Kanten der Geldscheine. Da war noch etwas. „Da drin. Ist wichtig", hörte ich Temperini sagen und zog ein festes Papier aus dem Umschlag. Ich hielt es ans Fenster, in das Licht der Stadt.

Philharmonie Köln. Block B.

Ein Ticket.

Niccolò Paganini.

Na, sieh einer an, dachte ich und schob das Ticket zurück in den Umschlag, Paganini in der Philharmonie und der alte Herr und ich sind dabei. Im Geiste sah ich uns am Rand der Bühne stehen, im Gedränge der Fans, um uns herum Frauen, die in Ohnmacht fallen oder sich die Kleider vom Leib reißen, das hatte ich im Buch über Paganinis Konzerte gelesen. Wir fuhren weiter durch die schlafende Stadt. Ich lehnte meinen Kopf an die Scheibe, schloss die Augen, und dann nickte ich wohl ein oder phantasierte, wer weiß das schon nach zig Kölsch. Ich fand mich in einem brodelnden Konzertsaal wieder, eng gedrängt zwischen Frauen mit kunstvollen Hochsteckfrisuren, die Luft schwül und schwer vom Parfüm. Neben mir steht Temperini, so aufrecht und hager wie immer, alle schauen gebannt Richtung

Bühne, auf der Paganini Geige spielt, was das Zeug hält. Ein Gott, seufzt neben mir eine Frau und streckt ihm die Arme entgegen, ihr Dekolleté ist riesig, ich sehe weiße Haut unter dunkler Spitze, und in diesem Moment legt sie ihre Hände darauf, es wird plötzlich ganz still, jetzt ist sie verändert, sie trägt ihr Haar zu einem schlichten Zopf geflochten, der schwer zwischen ihren Brüsten liegt, auf diesen Ausschnitt schnurrt die Welt zusammen, und im nächsten Moment reißt die Stille ab, ich höre einen durchdringend hohen und dann schmelzenden Geigenton, und die Frau reißt den Stoff ihres Kleides entzwei, ich schaue hinüber zu Temperini, was ist hier los, der zieht mich am Arm. Kollege, sagt er. Ich öffnete die Augen.

Der Dunkelbärtige hatte sich zu mir nach hinten gebeugt und zupfte an meinem Ärmel. „Aufwachen! Sind da."

Ich nickte, zahlte und gab ihm ein ordentliches Trinkgeld. Er stieg aus und blieb neben dem Wagen stehen, bis ich an der Haustür war.

Das Treppensteigen ging ganz gut. So schlimm ist es gar nicht, Maria übertreibt, dachte ich, und an die vielen Frauen im Konzertsaal und an diese eine. „Junge, Junge", sagte ich ins dämmrige Treppenhaus hinein. Von der Wohnungstür aus ging ich direkt ins Bad, pinkelte, und dann weiter ins Schlafzimmer, wo ich mich vornüber auf das Bett fallen ließ. Mein letzter Gedanke galt Leo. Kanada kann mich mal, sagte ich ins Kissen, und dann war ich weg.

9

Temperini rief an, während ich am Küchentisch saß und mit Wolfgang telefonierte, das heißt, ich hörte, dass jemand in der Leitung anklopfte, aber wir sprachen weiter, über Wolfgangs Tochter, die einen Jungen mit nach Hause gebracht hatte. „So ein pickeliges Kerlchen." Und auch über Leo, wie er von Ulrichs Reise-Planung erzählt hatte, und ich ihm nicht die Freude verderben wollte. Pfingsten machen wir es uns bei dir in Köln gemütlich, genauso drückte Leo es aus, daran dachte ich, während Wolfgang wieder über seine Tochter sprach, die am Samstagabend bei ihrem Freund übernachten wollte. „Das hätte der wohl gern." Ich sah zu den Fotos hinüber, die kreuz und quer an meiner Kühlschranktür hingen. Leo im Zoo, am Rande des Seehund-Beckens, er schaut der Fütterung zu, als wollte er dem nächsten Fisch höchstpersönlich hinterherspringen. Leo, wie er mit Rucksack vor meinem Taxi steht. Ein Zeitungsfoto, Leo auf dem Siegertreppchen bei einem seiner Hochsprung-Wettkämpfe. Leo mit Opa Krauses alter

Schirmmütze auf dem Kopf, die ihm bis auf die Nase gerutscht ist. Leo, wie er den Kopf aus der Zeltöffnung streckt und ein Victory-Zeichen macht. „Irgendwann sind sie groß, und wir haben unsere Ruhe“, sagte Wolfgang noch, bevor er auflegte. Genau das ist das Problem, dachte ich und sah, dass der Anrufer Temperini gewesen war. Ich hatte ihn längst zu meinen Kontakten hinzugefügt, aber wann immer sein Name auf dem Display meines Handys erschien, ging es mir damit wie mit seinem Büttenpapier-Umschlag auf meinem Beifahrersitz: Er gehörte da nicht hin. Und wenn ich den alten Herrn an unseren Abenden so allein im Hauseingang stehen sah, kam es mir vor, als wäre er gänzlich aus der Zeit gefallen, als hätte er noch niemals irgendwohin gehört, nicht in eine Stadt, nicht in ein Haus, nicht in eine Familie und schon gar nicht in ein Taxi.

Ich rief ihn zurück, und er nahm sofort ab: „Ich bin nicht durchgekommen.“

„Ja. Ich hab telefoniert.“

„Es war besetzt.“ Er sprach mit Nachdruck.

„So ist das manchmal bei Telefonen.“ Und Taxis, dachte ich, es sei denn, man hat einen Chauffeur. Der alte Herr schwieg, und ich bedankte mich für die Konzertkarte.

„Paganini“, sagte er.

Ich wartete und hörte, wie er tief Luft holte. „Ich wollte sicherstellen, dass Sie kommen."

„Also, mitkommen."

„Genau."

„Und wenn nicht?" Ich ließ ihn zappeln. „Normalerweise gehe ich nicht in klassische Konzerte."

„In dieses schon. Paganini. Violinkonzert Nr. 1 und La Campanella."

„Schon gut. Ich hole Sie zur gewohnten Zeit ab", sagte ich.

„Und die Caprice. Die 24. Wenn wir Glück haben, gibt es die als Zugabe."

„Ich freue mich ja", sagte ich.

Er räusperte sich. „Ziehen Sie sich etwas Vernünftiges an."

„Erwarten Sie bloß nicht zu viel", sagte ich, und dann legten wir auf.

Am Tag des Konzerts saß ich auf meiner Bettkante und schaute in den offenen Kleiderschrank. Er hatte meiner Mutter gehört. Ein Ungetüm aus Eiche, so tief, dass ich als kleiner Junge hineinkroch wie in eine Höhle, die Türen von innen zuzog und auf dem Schrankboden kauernd den Grusel der staubigen Dunkelheit genoss. Jetzt war er vollgestopft mit meinen Klamotten. Ich besaß einen einzigen Anzug, der ziemlich in die Jahre gekommen war, einen schwarzen, wie der, in dem Temperini immer herumlief. Den nahm ich heraus und hielt ihn ins Licht der Deckenlampe. Ich werde mich nicht verkleiden, entschied ich, auch nicht für den alten Herrn. Also hängte ich den Anzug wieder an die Stange, zerrte eine saubere Jeans aus dem Stapel, suchte und fand meinen schwarzen Rollkragenpulli und zog beides an. Ich sah mich im Spiegel an der Innenseite der Schranktür und fand mich ganz vorzeigbar. „Jürgen, sieh doch nur“, hörte ich meine Mutter flüstern, und es war, als stünde sie neben mir, in ihrem Kleid für festliche Anlässe, und im Schrankspiegel sah sie, wie weit es mit ihr gekommen war. Das war, als sie kaum noch einen Bissen herunterbrachte, weil in ihrem Bauch etwas wucherte, das längst viel zu viel Raum beanspruchte, wir wussten, es war mit nichts kleinzukriegen. Ich angelte meine schwarzen Lederschuhe unter dem Schrank hervor, mit meinen Turnschuhen würde ich bei Temperini nicht durchkommen, und setzte mich wieder auf die Bettkante. Von dort besah ich mich noch einmal im Spiegel und dachte daran, wie ich meiner Mutter geholfen hatte, den Reißverschluss ihres Kleides zu schließen. Wie ich ihr danach mit der flachen Hand langsam vom Nacken den Rücken hinunterstrich, so dass sich der Stoff ihres Kleides für einen Moment an ihren Körper schmiegte. Ich spürte jeden Wirbel, als führen meine Finger eine Buckelpiste hinunter.

„Du siehst hübsch aus", sagte ich.

„Nein", sagte sie, und lehnte ganz kurz ihren Kopf an meine Schulter. „Nicht einmal heute für deinen Vater." Der saß in seinem besten Anzug im Wohnzimmer auf dem Sofa und wartete. Unten vor der Haustür stand eine dunkelblaue Limousine. Er hatte sie gemietet, für diesen kostbaren Abend, an dem er seine Frau noch einmal in die Oper fahren und ausführen würde. La Traviata.

„Am Ende singt die kranke Violetta sich so wunderschön in den Tod", sagte meine Mutter und schaute durch ihr Spiegelbild hindurch wie ins Weite.

„Ich weiß nicht, ob so traurige Musik das Richtige ist, Mama."

Ich legte ihr das Tuch um die Schultern.

„Traurigkeit löst sich auf in trauriger Musik, weißt du das denn nicht, mein Junge."

Mein Handy klingelte, ich brauchte einen Moment, um es zu finden, es lag neben mir auf dem Bett. Temperini. „Sind Sie schon auf dem Weg?"

„Nein", sagte ich. „Aber jetzt."

„Vergessen Sie die Karte nicht!"

Ich fuhr durch die beleuchtete Stadt. Der Mond hing

in einem Rest von Blau am Abendhimmel über Brücke und Rhein, eine schmale weiße Sichel. Wie das abgebissene Stück eines Fingernagels. Ich war nervös. Das Konzertticket lag neben mir auf dem Beifahrersitz. Paganini, Temperini und ich in der Philharmonie. Der alte Herr wollte das so sehr. Im Magen spürte ich den Druck und dachte: Ich will ihn nicht enttäuschen. Ich bog in seine Straße ein und fuhr die graue Häuserreihe entlang. Da war der Eingang, aber kein Temperini. Und noch während ich mich fragte, was los war und wo der alte Herr blieb, tauchte er vor mir auf, sehr plötzlich, und ich bremste abrupt. Er stand am Bordstein, seine dunkle Erscheinung ins helle Licht meiner Scheinwerfer getaucht, er trug seinen Hut und den Mantelkragen hatte er hochgeschlagen. Einen Augenblick lang verharrten wir beide regungslos, Temperini am Straßenrand und ich am Steuer, und jeder schaute zum anderen. Dann kam Bewegung ins Bild, er lief los und ich öffnete die Fahrertür, doch bevor ich aussteigen konnte, um ihm die Wagentür aufzuhalten, hatte er das selbst erledigt und stieg ein.

„Ich dachte schon, Sie kommen nicht", sagte er und lockerte seinen Schal.

„Da bin ich." Als ich mich zu ihm umdrehte, sah ich seine komische Hand, sie lag auf seinem Oberschenkel. Ich kann ihn doch nicht einfach fragen, dachte ich.

Wir fuhren los, und er beugte sich vor. „Haben Sie Ihre Karte?"

Ich klopfte mit der Hand auf den Beifahrersitz.

„Reihe 5, Block B. Die besten Plätze." Sein Blick blieb an meiner Hose hängen. „Jeans", stellte er fest, und sein Tonfall ließ keinen Zweifel: Er hatte es befürchtet. Als er sich wieder zurücklehnte, sah ich, wie er den Kopf schüttelte. Ich fühlte mich wie ein kleiner Junge, der zurechtgewiesen wird. „Was ist eigentlich mit Ihrer Hand?", fragte ich. „Ihrer linken Hand."

Stille. Ich stellte mir vor, wie die Hand unter seinem Bein verschwand wie eine aufgeschreckte Maus im Loch. Das war gemein, dachte ich. Ich suchte sein Gesicht im Rückspiegel, er senkte jetzt den Kopf.

„Das Marfan-Syndrom", sagte er.

„Das was?"

„Das Marfan-Syndrom. Menschen mit Marfan-Syndrom haben sehr lange Gliedmaße." Er sprach, als läse er vor oder hielte einen Vortrag. „Auch sehr lange dünne Finger, die sie überdehnen und überstrecken können."

Das klang interessant, aber nicht nach seiner linken Hand, die er immer gekrümmt hielt. „Warum halten Sie Ihre Hand …?"

„Nicht meine“, sagte er entschieden, „Paganinis Hand. Man sagt das über Paganini.“

Das gibt es doch nicht, dachte ich, und für einen Moment war mir danach, rechts ranzufahren und den alten Herrn rauszuschmeißen, ihn mitsamt seinem Paganini dort stehenzulassen. Aber er sprach schon weiter, in dieser dringlichen Art, als ginge es um ihn persönlich, und der Moment ging vorüber. Dass das eine Theorie sei, über Paganini, weil man sich nicht erklären konnte, warum ihm Griffe möglich waren, an denen alle anderen Geiger seiner Zeit scheiterten. „Und dabei war seine Technik einfach nur brillant und seiner Zeit voraus.“

Ich dachte an den Gipsabdruck von Paganinis Hand und an seine spinnenartigen Beine und Arme.

„Gleich im Konzert. Sie müssen genau darauf achten! Auf die Spieltechnik der linken Hand.“

„Hören Sie, ich kenne mich nicht aus.“

„Schon klar“, sagte er.

„Ich weiß nicht einmal, ob ich mit ihr etwas anfangen kann, mit Paganinis Musik.“

„Doch, können Sie. Sie schon.“ Das „Sie“ betonte er und unterstrich es mit einem Nicken. Der enge Druck in meiner Magengegend wanderte hoch und wurde in meiner Brust zu etwas Warmem und Weitem. Stolz. Ich und dieser alte Kauz, der immer so akkurat daherkam und doch etwas zutiefst Zerzaustes hatte.

„Und Sie? Freuen Sie sich auf das Konzert?", fragte ich.

Aber Temperini antwortete nicht, für den Rest der Fahrt schwieg er.

10

„Endlich“, sagte er, als rechterhand die Philharmonie erschien. Ich stieg aus und öffnete ihm die Tür. „Ich bringe den Wagen in die Tiefgarage. Sie können da drüben auf mich warten.“ Dabei zeigte ich auf eine Laterne am Rande des Vorplatzes. Temperini ging hinüber, ich winkte ihm zu, stieg ein und fuhr los. Unten war ich froh, den alten Herrn oben gelassen zu haben, er gehörte in keine Tiefgarage.

Er stand, wo ich ihn verlassen hatte. „Es wird Zeit“, sagte er und nahm meinen Arm. Im Foyer war es warm, aus den vielen Strahlern in der Decke funkelte das Licht. Die Gäste standen alleine oder in Grüppchen, es gab eine Menge Jeansträger, stellte ich zufrieden fest, während ich versuchte, den alten Herrn am Arm zwischen den Leuten hindurch zur Garderobe zu lotsen. Vor einer jungen Frau blieb er stehen, bis sie einen Schritt zur Seite machte, und ein älteres Paar trennte sich für einen Moment, um uns durchzulassen. Ein dicker Mann blieb, wo er war, und Temperini zog die Augenbrauen hoch. Ich fragte mich, wie es war, wenn er alleine ins Konzert ging, ob er dann auch diese Hier-komme-ich-Show abzog. Irgendwann packte ich ihn fester am Arm. „Hier geht's lang." Ich zog ihn zwischen den Menschen hindurch Richtung Garderobe. Temperini blieb stehen und hielt mir seinen Hut hin. „Ja, ich mach das schon", sagte ich. Während ich an der Abgabe wartete, ließ ich ihn nicht aus den Augen. Er stand da wie ein Ausrufezeichen, unberührt vom Gewusel um ihn herum. Plötzlich bewegte er sich und lief los. Ich wollte schon hinterherspringen, aber da sah ich, dass er auf die Toiletten zusteuerte. Das war wieder so ein Ort, wo Temperini nicht hingehörte.

Er ließ sich Zeit. Um mich herum strömten die Menschen zu den Saal-Eingängen, durch das Foyer oder die Treppen hoch. Dann ertönte das Zeichen, und Temperini kam zurück. „Es geht los", sagte er und wedelte mit seiner Konzertkarte. „Hier lang." Er lief voraus, die breite, geschwungene Treppe hoch. Ich verlor ihn aus den Augen, weil sich Leute vorbeischoben, erst, als ich oben und durch die Flügeltür war, sah ich ihn wieder, er stand oberhalb der letzten Sitzreihen, auf der Galerie. „Hat etwas von einer Zirkusmanege", sagte ich. Vor uns fielen die Sitzreihen steil ab und liefen in Halbkreisen auf die Bühne zu. Die Sitze waren rot gepolstert, und der Boden war aus hellem Holz, so dass die Treppenabgänge wie Schneisen durch die roten Reihen schnitten. Auf der runden Bühne warteten die Notenpulte auf das Orchester, und dort, im Mittelpunkt von allem, würde wohl der Geiger spielen. Das Zeichen ertönte ein weiteres Mal, und wer noch nicht saß, beeilte sich.

„Die sind alle gekommen, um Paganini zu hören", sagte Temperini.

„Sollten wir nicht auch langsam?", fragte ich, aber er blieb, wo er war, und erst, als kaum noch Menschen auf der Treppe waren, setzte er sich in Bewegung. Schwarz von der Haarspitze bis zu den Schuhsohlen schritt er die hellen Stufen hinunter, hielt sich kerzengerade und schaute nicht nach links oder rechts, sondern geradeaus zur Bühne, während ich ihm mit etwas Abstand folgte, und einen Moment lang sah es so aus, als würde er schnurstracks durchmarschieren, vorbei am Publikum und hinauf auf die Bühne. Ich beeilte mich, er stand jetzt am Rand einer Sitzreihe, und wir schoben uns gemeinsam dicht an den Leuten vorbei zu unseren Plätzen. Links neben mir saß eine Frau mit viel Gold um den Hals, vermutlich auch mit viel Spray im Haar, und sah nicht so aus, als würde sie sich heute Abend die Kleider vom Leib reißen – Paganini hin oder her. Temperini schaute zur Bühne, einige seiner fisseligen Haarsträhnen krochen ihm in den Hemdkragen, an manchen Stellen konnte ich seine Kopfhaut sehen. Die komische Hand ruhte auf seinem Oberschenkel wie ein abgelegter Gegenstand. Ich schaute sie mir verstohlen an. Das Handgelenk hielt er nach unten abgeknickt, auch die Finger waren unnatürlich gebogen, krallenartig und verkrampft, der kleine Finger war abgespreizt. Um mich herum wurde jetzt geklatscht, aber Temperini klatschte nicht. Die Musiker betraten die Bühne, jeder hielt sein Instrument in der Hand, ich dachte an das Wandbild im Musiksaal meiner Schule: das Orchester. Und wie Leo im Test zur Instrumentenkunde aus dem Fagott ein Ogott gemacht hatte. Da kommt er ja, unser kleiner Ohgott, ich gebe ihn dir mal, hatte Irene lachend gesagt, in einem der besseren Telefonate nach unserer Trennung.

Temperini drehte den Kopf und schaute sich um, als suche er jemanden in den Sitzreihen über uns, dann beugte er sich zu mir hinüber. „So voll ist es selten." Im Saal breitete sich ein satter, summender Klang aus. Die Musiker stimmten ihre Instrumente. Dann wurde es ruhig, bevor wieder geklatscht wurde, das Orchester stand auf und klatschte auch, offenbar für den Dirigenten, der jetzt die Bühne betrat, und dann, endlich, kam der Geiger.

„Der ist ja blond", flüsterte ich zu Temperini hinüber. „Und höchstens 1,65." Er verdrehte die Augen, ich fragte ihn, wie der Geiger denn heiße, und er sagte leise einen Namen. Ich habe ihn vergessen, aber an die abfällige Bewegung seiner rechten Hand erinnere ich mich noch genau. Als wischte er den Namen von einer Tafel.

„Aufgepasst!“, sagte er und zeigte nach vorne.

Der Dirigent hielt sein Stöckchen in die Luft, es wurde still im Saal. Und dann begann die Musik mit einem riesigen Wumms. Während die Musiker ordentlich zu tun hatten, stand der Blonde und wartete. Schließlich legte er sich die Geige auf die Schulter, ruckelte sein Kinn auf dem Halter zurecht, und nach einem weiteren Wumms des Orchesters und einem kurzen Moment, in dem es sehr still war, spielte er den ersten Ton. Ich schaute zu Temperini. Er presste die Lippen aufeinander, und während der Geiger weiterspielte, umfasste er mit seiner Rechten die komische Hand, als müsste er sie festhalten, als liefe sie ihm sonst davon.

Ich musste mich noch an den Anblick des Blonden gewöhnen. Und an das ganze Spektakel da vorne. An den Dirigenten in seinem Pinguin-Kostüm, wie er auf seinem Podest abwechselnd wild mit den Armen ruderte und mit seinem Stöckchen wippte. Ich fragte mich, was wohl wäre, wenn er wegliefe, ob dann die ganze schöne Musik zusammenbrechen würde.

Schließlich war das Orchester still, und nur der

Geiger spielte. Auch im Saal wurden alle noch stiller, wie im Zirkus, nach dem Trommelwirbel, wenn der Artist sein Kunststück zeigt. Temperini saß auf der vorderen Sitzkante und reckte seinen Hals, seine Augen auf den Geiger geheftet. Dessen Hand raste auf den Saiten hin und her, die Finger um das Holz gekrallt und so weit gespreizt, dass es ihm eigentlich wehtun musste. Ich dachte an das Syndrom, von dem Temperini erzählt hatte, durch das die Gelenke so dehnbar wurden. Manchmal klang es, als spielten mehrere Geigen, obwohl es ja nur die eine war. Andere Töne kratzten oder quietschten schrill, und die Musik war wie rasend und in Wut, und ich erinnerte mich an die Karikatur aus dem Buch, wo Paganini geigt, und seine langen schwarzen Haare stehen ihm zu Berge, als stünde er unter Strom. Paganini nimmt einen mit, ob du es willst oder nicht. Als ob du zu einem Wahnsinnigen ins Auto steigst, du krallst deine Finger wie er, bloß in den Sitz, und du siehst die vorbeirasende Welt da draußen und fragst dich, ob du je wieder heil dort herumspazieren wirst.

Mir gefielen die langsamen Melodien. Sie sind traurig und voller Sehnsucht. Der Blonde bewegte sich dann, als verschmölze er mit seiner Geige, als wäre sie ein Körperteil und nicht ein Instrument aus Holz. Einmal, als ich zu Temperini hinüberschaute, hatte er feuchte Augen, aber vielleicht bildete ich mir das auch ein.

Als der Applaus einsetzte, lehnte er sich zurück und schloss die Augen, und so blieb er, die Hände ineinandergelegt, während um ihn herum geklatscht und mit den Füßen getrampelt wurde. Nach der Zugabe standen einige Leute auf und riefen Bravo, auch Temperini stand auf. Und während der Blonde den Beifall für seine Paganini-Plackerei ganz offensichtlich genoss, stand Temperini mit geschlossenen Augen und hängenden Armen da und lächelte, als befände er sich hinter seinen Lidern in seinem eigenen Film, und ich dachte: Wie ein Musiker, der aus Versehen ins Publikum geraten ist. Meine Nachbarin war sitzengeblieben und schaute neugierig zu ihm herüber, und ich zupfte Temperini am Ärmel. Er öffnete die Augen, schaute zur Bühne, auf der der Blonde Kusshände verteilte, dann zu mir. „Das reicht jetzt", sagte er und drängelte an seinem Nebenmann vorbei Richtung Gang.

Das Publikum schob sich langsam in die Pause, aber Temperini lief zügig voraus, den Gang hinauf und dann weiter zur Garderobe. „Den Rest sparen wir uns", sagte er. Schade eigentlich, dachte ich, während ich den Abholschein aus meiner Jeans kramte und mich daran zu erinnern versuchte, was im Programm für die zweite Hälfte angekündigt war.

Irgendeine Symphonie. Im Foyer machte Temperini einen großen Bogen um den Tisch, an dem der Blonde laut Aufsteller später eine Signierstunde geben würde, und erst danach nahm er wieder meinen Arm.

11

Während ich den Wagen aus der Tiefgarage holte, wartete Temperini wieder vor dem Eingang der Philharmonie, im Licht der Laterne, und als ich vor ihm hielt, machte er einen großen Schritt, öffnete selber die Beifahrertür und stieg vorne ein.

„Na so was", sagte ich.

Er reichte mir seinen Hut, mit der rechten Hand, mit der er dann auch den Gurt herüberzog, und den linken Arm hob er dazu an. Einen Moment lang hing seine komische Hand zwischen uns in der Luft, und unsere Blicke trafen sich, dann nahm er mir den Hut wieder ab und bedeckte damit die Hand, die jetzt auf seinem Bein lag, direkt neben der Schaltung.

„Lähmung", sagte er.

„Paganini?", fragte ich.

„Nein", sagte er.

Temperini senkte den Blick auf sein Bein, wo seine Hand unter dem Hut hervorkam wie ein Tier, das sich auf die Lichtung wagt, und es war, als wundere ihn das selber.

„Schon immer?“

„Nein.“ Seine Hand ging unter dem Hut wieder in Deckung. Also fragte ich nicht weiter, startete den Wagen und fuhr los.

Ich hatte damit gerechnet, dass er über den Blonden herfallen würde, aber er schaute nach vorne durch die Windschutzscheibe und sagte nichts. Er sah müde aus, fand ich.

Erst ein paar Straßen weiter fragte er: „Und?“

„Und was?“ Jetzt geht es los, dachte ich.

„Was wohl. Paganini.“

„Blonder als gedacht.“

„Und weiter?“, fragte er.

„Na gut. Ein bisschen abgefahren, oder?“

Der alte Herr schaute zu mir herüber, dann wieder geradeaus.

„Ich meine, was der Blonde auf seiner Geige veranstaltet hat“, legte ich nach.

„Ach der“, sagte Temperini, und im Augenwinkel sah ich, dass er wieder seine Wegwisch-Bewegung machte.

„Geigen-Artistik“, sagte ich. „Salto Mortale auf fünf Saiten.“

„Vier“, sagte er. „G, D, A, E.“

„Meinetwegen. Und dann die schrillen Töne, und wenn es so gekratzt und gequietscht hat. Wie beim

Zahnarzt. Das Geräusch des Bohrers, kurz bevor er den Nerv trifft."

Darauf sagte Temperini nichts. Ich wusste, es war nicht das, was er hören wollte. Im Seitenfenster sah ich die Türme des Doms über der nächtlichen Stadt glimmen, und ich dachte an die langsamen Melodien, an das, was meine Mutter gesagt hatte, über traurige Gefühle und traurige Musik, und an das, was ich in Temperinis Zeitungsschnipseln gelesen hatte, und als die Lichter der Brücke schon vor uns auftauchten, sagte ich: „Vielleicht hat ihm ja alles genauso weh getan. Ich meine, was er in seine Musik hineingelegt hat."

Temperini schaute mich an.

„Seine Seele", sagte ich. „Ich glaube, Paganini hat seine ganze verdammte Seele in das Geigenspiel gepackt."

„Genau", sagte er und dann nichts mehr.

Für den Rest des Heimwegs schwiegen wir beide, ich und Temperini neben mir auf dem Beifahrersitz, im schummrigen Inneren meines Taxis. Als wäre er aus dem Rückspiegel, in dem sich bisher nur unsere Blicke begegnet waren, herabgestiegen wie ein Kinoheld von der Leinwand und hätte sich neben mich in den Zuschauerraum gesetzt, einfach so. Ein alter Mann, mit Allüren wie ein Star und einer Hand, die gelähmt war, was immer das auch bedeuten mochte.

Er verbarg sie weiterhin unter seinem Hut, nah an meiner rechten Hand, die auf dem Schaltknauf lag.

Den Umschlag rückte er dieses Mal erst beim Abschied heraus, wir standen vor seinem Hauseingang. Er übergab ihn mir mit großer Geste, als wäre es eine Urkunde und ich der Sieger.

„Für Sie", sagte er. Und dann, wie immer: „Sie hören von mir."

Vor dem Konzert hatte die Zeit nur für ein Brötchen gereicht, ich war hungrig, also wärmte ich mir in der Mikrowelle Marias Moussaka auf, oder wie Klaus es nannte: „Marias Auberginen-Massaker-To-Go". Dazu holte ich mir ein Bier aus dem Kühlschrank, und als ich den Flaschenöffner ansetzte, fragte ich mich, wie der alte Herr das eigentlich machte, wie er mit der gelähmten Hand zurechtkam, Dosen und Flaschen öffnete oder Brot schnitt.

Der erste Bissen Auberginen und Hack zerging ölig in meinem Mund, und mein Blick fiel auf den Umschlag, ich hatte ihn an das Radio auf der Fensterbank gelehnt. Er war wieder prall, das hatte ich schon bemerkt, als Temperini ihn mir übergab, mit seiner theatralischen Bewegung. Ich war gespannt, was es dieses Mal war, so weit hatte der alte Herr mich schon, also legte ich Messer und Gabel zur Seite und schaute hinein. Das Geld. Und ein Bogen, mehrfach gefaltet. Ich zog ihn heraus, strich ihn glatt, das Papier war fest und glänzte. Ein Mann, der Geige spielt, vor einem dunkelblauen Bühnenvorhang. Ein düsteres Foto, ich musste an das Bild von Paganini denken, auf dem alles dunkel ist bis auf sein wächsernes Gesicht und seine langen Finger auf der Geige, und richtig, oben stand „Paganini“, in großen Blockbuchstaben, die weiß in das Blau des Vorhangs gesetzt waren. Darunter, etwas kleiner: „Concerto No. 1 und No. 2“, und dann: „Es spielt das Ensemble Virtuos.“

Nicht noch ein Konzert, dachte ich und nahm eine Gabel Moussaka.

Und dann las ich: „Federico Temperini, Solist.“

Ich schaute in die schwarze Leere vor meinem Fenster, weiter zum Nachbarhaus, da brannte noch Licht, dann wieder zurück auf den Namen und den Geiger, und es brauchte nur diesen kurzen Moment, und ich dachte: Natürlich. Natürlich, du Depp.

Nachher ist man immer schlauer, sagt man, aber das damals war anders, das war, wie wenn du bei einem 1000er-Puzzle die letzten Teilchen einsetzt und erst dann erkennst, was du da die ganze Zeit gepuzzelt hast. Federico Temperini, der Geiger.

Ich hielt das Foto näher ins Licht der Küchenlampe. Das war er. Der alte Herr. Nur jünger. Dieselben schulterlangen schwarzen Haare, nur voller als heute. Die bleiche Haut, nur glatter. Das Gesicht, über die Geige gebeugt, mit so einem Ausdruck, den kannte ich noch nicht. Ich suchte nach einem Datum. 30.3.1972. Da war ich noch auf allen Vieren unterwegs, dachte ich und las weiter, was auf der Rückseite stand. Temperini hatte italienische Eltern, war aber in Deutschland aufgewachsen, wo genau, war offenbar nicht wichtig, wohl aber die Namen der Lehrer, bei denen er Geige studiert hatte, und die der Wettbewerbe und Preise. Der alte Herr hatte in jungen Jahren ganz schön abgeräumt. Er hatte mit verschiedenen Orchestern gespielt, bis er Ende der Sechzigerjahre ein eigenes gründete, das Ensemble Virtuos. Mit ihm widmete Temperini sich ausschließlich dem anspruchsvollen Werk Paganinis, genauso stand das im Text, und trat in ganz Deutschland auf, ab und an auch in Italien. Eine Art Paganini-Hochleistungskader, stellte ich mir vor, kein Orchester wie das in der Philharmonie, mit Pauken und Trompeten und allem Drum und Dran. Im Programmheft wurde das „kleine Besetzung" genannt, und jeder Einzelne mit Namen aufgeführt, und Temperini war beides, der Dirigent und der Solist. Ich fragte mich, wie das ging, aber offensichtlich klappte es gut, der Text nannte Temperini einen „bekannten Paganini-Virtuosen".

Ich aß meine Moussaka weiter, schließlich holte

ich mir ein zweites Bier aus dem Kühlschrank, öffnete es und hielt das Foto noch einmal ins Licht. Der junge Temperini. Lang und dünn, aber noch nicht hager wie heute, und auch die Finger seiner linken Hand, lang und dünn, wie Spinnenbeine auf den Saiten der Geige.

Dieses Mal konnte ich es kaum erwarten, dass Temperini sich meldete, und offenbar ging es ihm auch so, denn er rief schon nach wenigen Tagen an. Es war Mittwoch, und ich saß an der Bar, trank noch ein Kölsch, Maria hatte sich gerade zu mir gesetzt, Klaus und Wolfgang waren schon gegangen, genau wie die meisten anderen Gäste.

„Ich bin es", sagte er.

Im Glas mit den Muscheln konnte ich Marias Spiegelbild sehen. „Temperini."

Und dann, als ich weiter schwieg: „Federico Temperini."

„Der Super-Geiger. Ich weiß."

Temperini atmete hörbar ein und wieder aus, und ich sah, dass Maria jetzt lauschte, sie hatte ihr Glas abgestellt.

„Das hätten Sie auch einfacher haben können", sagte ich.

„Nächsten Freitag, 19 Uhr. Tschaikowsky", sagte er. „Violinkonzert D-Dur."

„Was sonst“, sagte ich.

„Er hat nur dieses eine geschrieben.“

Ich wartete.

Maria hatte den Arm auf die Bar gelegt und strich sich mit dem Zopfende über den Rücken ihrer Hand, als pinselte sie ein Bild darauf.

„Jetzt wissen Sie es.“ Temperini sprach leise.

„Ja, jetzt weiß ich es.“

„Und Sie fahren mich“, sagte er.

„Was sonst“, sagte ich.

„Freitag“, sagte er.

Und dann legten wir auf.

„Der Super-Geiger?“ Maria sah mich an.

„Ein Stammgast. Philharmonie, hin und zurück.“

„Und?“

Ich hatte keine Ahnung, wo ich anfangen sollte. Wie vorhin mit Wolfgang und Klaus. Wir aßen unser Gyros, und mitten in das Kauen und Schlucken hinein sagte ich, dass ich nun wüsste, wer er war, vielmehr, was er früher einmal gewesen war. „Ihr wisst schon, der, für den ich den Chauffeur gebe.“

„Der Konzert-und-Friedhofs-Gänger?“ Klaus wedelte mit seiner Gabel durch die Luft.

Ich nickte. „Geiger. Er war einmal ein ziemlich guter Geiger.“

„So richtig berühmt?“, fragte Wolfgang.

„Paganini“, sagte ich.

„Aha“, sagte Klaus.

Und dann war ich froh, als Wolfgang aufstand: „Meine Kölsch müssen mal.“

Temperini, der Ex-Geiger. Am Telefon. In meinem Taxi. Auf dem Friedhof und im Konzert. Sein Tick mit den Briefumschlägen. Seine Hand. Und überhaupt: Paganini. Erklär das mal, ohne dafür den ganzen verdammten Abend zu brauchen. Vielleicht gehörte der alte Herr auch einfach nicht dahin, an unseren Sonnenuntergangs-Tisch. Oder an Marias Tresen. „Erzähle ich dir ein anderes Mal.“ Ich nahm mein Glas und prostete Maria zu.

„Immer gerne.“ Sie schnippte sich den Zopf auf den Rücken und stand auf.

12

Er wartete auf dem Bürgersteig, dünn wie ein Strich und dunkel gekleidet wie immer. Die Tage wurden jetzt heller, es war Anfang März.

„Vorne oder hinten?“, fragte ich ihn.

„Vorne“, sagte er. Als er saß, konnte ich wieder durch seine schwarzen Haare hindurch die weiße Kopfhaut sehen. Sein Gesicht war spitz und zerfurcht. Ich stellte mir den jungen Temperini vor, den vom Foto, wie er mit seiner Geige auf der Bühne steht, und noch während ich den Schlüssel im Zündschloss umdrehte, fragte ich: „Und Sie hatten das alles drauf? Den ganzen abgefahrenen Paganini?“ Hatten – genau so sagte ich es, und als ich zu ihm hinüberschaute, legte er die gelähmte Hand in die Handfläche seiner Rechten wie in ein Nest. Ich stellte den Motor wieder aus.

„Es tut mir leid“, sagte ich.

„Was denn?“

„Ihre Hand.“ Ich drehte mich zu ihm. „Ist das schon lange so?“

„Ja", sagte er und hob die ineinandergelegten Hände auf Brusthöhe, dorthin, wo sein Herz war. „Vor mir lagen noch Jahrzehnte. Meine Konzerte waren ausverkauft."

Und dann, ehe ich etwas erwidern konnte, redete er weiter, und dabei schaute er starr nach vorne, ins Halbdunkel der Straße: „Die Capricen. Ich war einer der wenigen, der alle 24 im Konzert gespielt hat. Den kompletten Zyklus. Zählt zum Schwierigsten, was je für Geige komponiert wurde. Für Geige Solo." Temperini sprach gehetzt, als wollte er keine Lücke entstehen lassen. „Oktaventriller, fliegende Staccati, weite Lagenwechsel, Glissandi, alles drin, seine komplette, für die meisten unspielbare Grifftechnik. Es war das erste Werk, das Paganini in Druck gab. Da war er 38."

Später dachte ich, hätte ich an diesem Abend nicht lockergelassen, hätte ich ihn nicht wieder abbiegen lassen zu Paganini, sondern wäre auf dieser Fahrt, oder auf einer unserer späteren, unbeirrt darauf zugesteuert, dann hätte er es mir erzählt. Dann hätte ich von ihm selbst erfahren, was mit ihm passiert war. Damals aber fragte ich nicht weiter, vielleicht weil hinter seiner Sturheit etwas Zerbrechliches lag, vielleicht aber auch, weil ich nicht wusste, wie ich es sagen sollte. Ich staunte selbst, wie weh es mir tat, in seinen Briefumschlägen zu finden, was er verloren hatte.

Und so startete ich den Wagen wieder, während Temperini weiter plapperte, darüber, dass Paganini die Capricen nie öffentlich gespielt hatte. „Wussten Sie das?" Und zwar nicht etwa, weil er sie nur als Etüden zu Übungszwecken komponiert hatte, „so ein Unsinn", sondern schlicht und einfach, weil er wusste, dass das Publikum noch nicht so weit war. „Und das ist übrigens heute noch so."

Er setzte sich jetzt immer nach vorne. Von dort warf er mir Bröckchen aus seiner Vergangenheit hin, auf Nachfrage oder auch mal so, und ich sammelte sie eifrig auf, allesamt aus der Zeit, als er mit seinem kleinen Orchester durch die Lande gezogen und der große Temperini gewesen war. Aber jedes Mal wich er bald aus zu Paganini, mal mehr, mal weniger elegant. Als wäre die Erinnerung ein bissiger Hund, und er zöge die Hand schnell wieder zurück. War ich derjenige, der davon anfing, legte er seine gekrümmte Hand schnell in die gesunde, als brauchte sie Schutz, und hielt sie auf diese besondere Art vor der Brust.

Einmal, wir waren auf dem Weg zur Philharmonie, sagte er in die Stille hinein: „Kongenial. Die Kritiker nannten mein Paganini-Spiel immer wieder kongenial."

Das wäre doch mal was für die Briefumschläge, dachte ich, denn bisher hatte ich nichts finden können über Temperini, dessen Laufbahn wohl zu Ende gewesen war, bevor Musiker wie er im Internet Spuren hinterließen. „Sicher haben Sie die noch? Ihre Konzert-Kritiken?"

Temperinis Hände wanderten Richtung Brust. „Am Ende hat die Presse ihn vernichtet. Er ist für uns tot, schrieb ein Kritiker in Paris. Ausgerechnet Paris, das Paganini wenig vorher gefeiert hatte wie einen König." Danach war der alte Herr wieder still, auf eine bedrückte Art, aber auf der Rückfahrt fiel er wieder über den Musiker her, den er gerade im Konzert gehört hatte. „Und damit traut der sich demnächst vor das anspruchsvolle Münchner Publikum." Er schüttelte den Kopf und seufzte. „Mich mochten die Münchner."

„Waren Sie das nicht irgendwann leid, diese dauernde Reiserei?", fragte ich. „Nein", sagte er. Und dass Paganini über seine Geige gesprochen habe wie über ein lebendiges Wesen, das unzufrieden mit ihm wurde, wenn er nicht spielte, nur weil er krank war oder erschöpft. „Er musste einfach auf die Bühne und geigen. Noch in seinen letzten Jahren plante er Tourneen durch Russland und durch Amerika."

Ein anderes Mal fragte ich ihn: „Wie ist das, auf der Bühne, wenn das Publikum applaudiert?“ Ich dachte daran, wie Temperini dagestanden hatte, beim Applaus für den Blonden, und wie im Konzert schloss er auch jetzt die Augen. Seine Hände lagen auf den Oberschenkeln, den Kopf hatte er zurückgelehnt, und seine Lippen, die oft schmal waren und aufeinandergepresst, sahen nun entspannt aus. Um uns herum wuselte der Verkehr, aber der alte Herr war wohl weit weg. Ich musterte ihn, das Gesicht eines Achtzigjährigen, und dennoch erinnerte es mich an den Ausdruck auf Leos Gesichtchen, in den Wochen nach der Geburt, in diesen friedlichen Augenblicken, wenn sein Hunger gestillt und er eingeschlafen war.

Als Temperini die Augen wieder öffnete, sagte er nichts, auch nichts über Paganini. Ich ließ ihn.

Anfang Mai, es war ein sonniger Tag und die Luft schon warm, hatte er mich für den Nachmittag bestellt und wollte wieder zum Melaten, aber ich schlug vor, im Sonnenschein unter den Lebenden zu bleiben und irgendwohin zu fahren, wo es schön war. „Auf dem Melaten ist es schön“, sagte Temperini. „Aber wenn Sie meinen.“

Ich fuhr ihn zum Decksteiner Weiher, wo ich oft mit Leo gewesen war, an unseren Sonntagen, wenn er und sein Kinderroller mehr Auslauf gebraucht hatten, als meine Wohnung bieten konnte.

Wir setzten uns auf eine Bank und schauten aufs Wasser und den Schwänen zu. Zumindest ich tat das, beim alten Herrn wusste man ja nie, wo er gerade mit seinen Gedanken war. Einige Schwäne tauchten nach Nahrung, und aus der Ferne sahen ihre nach oben gekippten Schwänze aus wie Sahnehäubchen, die auf dem Wasser trieben. Wenn Jogger oder Spaziergänger vorbeikamen, fragte ich mich, was sie wohl in uns sahen. Zwei Männer auf einer Bank, einer davon schwarz gekleidet und sehr alt. Temperini war schweigsam, vielleicht weil dies mein Terrain war und nicht seins. Die Schwäne glitten durchs Wasser, auf diese ruhige, fast arrogante Art. Einer erhoffte sich wohl ein Stück Brot, er kam ans Ufer und watschelte über die Wiese auf uns zu, merkte aber bald, dass bei uns nichts zu holen war und wackelte zurück. „Papa, warum humpelt der Schwan?", hatte Leo gefragt, während er, mein Bein umklammernd, hinter mir in Deckung blieb. „Weil er für das Wasser gemacht ist, und nicht fürs Land", antwortete ich.

Und hier, neben mir, auf einer Parkbank, saß der große Temperini, und das, wofür er gemacht war, war nicht mehr erreichbar. Ich hätte meine Hand gerne auf seine gelähmte gelegt, jetzt, wo wir ausnahmsweise zu zweit dort saßen, ohne Paganini, aber ich wusste, er würde sie zurückziehen und in seiner Manteltasche verschwinden lassen.

„Genug herumgesessen“, sagte Temperini und stand auf.

Wir spazierten noch ein Stück den Uferweg entlang, der alte Herr blieb einsilbig. Im Wasser gaben einige Schwäne ordentlich Gas, um abzuheben, trotz ihrer kräftigen Flügelschläge hingen ihre schweren Bäuche nur knapp über der Wasseroberfläche. „Höher, höher“, hatte Leo sie angefeuert, und dabei war er am Ufer mitgerannt.

„Demnächst sind Pfingstferien, und Leo kommt, Sie wissen schon, mein Sohn“, sagte ich.

„Ich weiß, wer Leo ist.“ Temperini klang ruppig.

„Er bleibt zwei Wochen. Als Ersatz für die Sommerferien. Wegen Kanada. Und so.“

Darauf sagte er nichts, und wir gingen schweigend die Baumallee am schmalen Arm des Weihers entlang. Aus dem Blätterdach rieselte Vogelgezwitscher, und von der anderen Parkseite her war die Autobahn zu hören, ein dumpfes, monotones Dröhnen. Jogger, in grellen Laufjacken, kamen uns entgegen, manche nickten uns zu, und ich fragte mich wieder, was sie wohl in uns sahen. Temperini trug jetzt einen leichteren Mantel, schwarz, versteht sich, und darin sah er noch dünner aus, fast mager. Und ich, in Lederjacke und Jeans.

„Wie sind Sie eigentlich auf mich gekommen?", fragte ich ihn. „Damals, vor Ihrem ersten Anruf?"

„Wie wohl. Nachgeschlagen." Temperini blieb stehen. „Zeit, nach Hause zu fahren."

Im Briefumschlag, den er mir an diesem Tag gab, war nur das Geld. Ich war ein bisschen enttäuscht.

Zwei oder drei Wochen später fuhren wir zur Philharmonie, Temperini saß wieder neben mir. Abends blieb es jetzt länger hell, und der alte Herr hatte nur im Jackett vor der Haustür gewartet.

„Ich habe von Ihnen geträumt", sagte ich. Es war einer dieser Träume gewesen, die Irene immer „krauses Zeug, mit kleinem k" genannt hatte, zu der Zeit, als sie nach dem Aufwachen ihren Kopf noch auf meine Brust legte.

Temperini schaute aus dem Seitenfenster.

„Sie waren ein Schwan, ein schwarzer Schwan, und Sie sind über den Decksteiner Weiher geschwommen." Die Menschenmenge, die ihm vom Ufer aus applaudiert und ihm zugejubelt hatte, ließ ich weg, und auch, dass er der einzige Schwan weit und breit gewesen war, majestätisch, aber allein, mit langen schwarzen, sehr dichten Haaren, die sich an seinem Hals blähten wie ein Segel. „Im Schnabel hatten Sie einen Ihrer Briefumschläge."

Er drehte das Gesicht zu mir: „Und dann?"

„Sind Sie weggeflogen. Samt Umschlag."

Darauf sagte er nichts, aber im Augenwinkel sah ich, dass er lächelte, oder was auch immer das Zucken um seinen Mund zu bedeuten hatte. Er griff in die Innentasche seines Jacketts, zog den Umschlag heraus und legte ihn vor sich auf das Armaturenbrett.

„Es geht mir nicht ums Geld", sagte ich. Das war die Wahrheit, auch wenn ich mich gerade fragte, wann das eigentlich angefangen hatte.

Ein paar Stunden später saß ich am Küchentisch. Vor mir lag der offene Briefumschlag. Und eine Visitenkarte meines Vaters. Ich hatte sie sofort erkannt. Der goldene Schriftzug: Limousinen-Service Starlight. Darunter: Gustav Krause. Your personal chauffeur. Temperini hatte sie mit einer Büroklammer an ein größeres Blatt geheftet, wohl aus Angst, ich könnte sie zwischen den Scheinen übersehen.

Ich drehte sie um. Die Rückseite war leer. Auch in meinem Kopf war eine seltsame Leere, wie ein Vakuum, und dann war es, als zöge jemand den Korken. Plopp. Das gibt's doch nicht, dachte ich, und griff nach meinem Handy. Ich ließ es klingeln. Eine Mailbox sprang nicht an, das hatte ich auch nicht erwartet beim alten Herrn. Es war schon spät, aber er rief mich auch manchmal nach zehn an, zudem wusste ich, er war zuhause, schließlich hatte ich ihn eben erst seine Haustür von innen zumachen sehen.

Irgendwann tat sich etwas in der Leitung, aber danach blieb es still, als hätte er sich in der Leitung wie hinter einer Tür versteckt und atmete flach, um nicht entdeckt zu werden.

„Das reicht jetzt!“, sagte ich und spürte meinen Ärger.

„Was?“, fragte er.

„Ihre Spielchen.“

Er schnappte hörbar nach Luft.

Leg bloß nicht auf, dachte ich.

„Mein Vater hat Sie gefahren.“

„Ja“, sagte er.

„Das muss Jahrzehnte her sein.“

„Ja“, sagte er.

„Und Sie haben seine Karte aufgehoben.“

„Ja. Auch die von anderen Fahrern. In anderen Städten.“

„Warum?“

„Es ist schon spät“, sagte er. „Gute Nacht.“ Und dann war die Leitung tot.

Ich blieb sitzen, starrte auf die Karte. Ich sah es vor

mir: Mein Vater in seiner Chauffeurs-Montur, wie er das Lenkrad mit beiden Händen umfasst, das Weiß seiner Handschuhe leuchtet heraus aus all dem Schwarz und Dunkelblau. Auch an dem Mann, den er heute Abend fährt, ist alles schwarz, bis auf sein bleiches Gesicht und seine ebenso blassen Hände. Sie ruhen auf dem Geigenkasten, der auf seinen Oberschenkeln liegt. Gustav Krause und Federico Temperini. Sie sind ungefähr gleich alt, aber wenn mein Vater vor Temperini steht, reicht er ihm nur bis zur Brust, und wenn er ihm die Tür aufhält, verschwindet mein Vater dahinter fast ganz. Was sie miteinander sprechen, höre ich nicht, aber ich sehe, wie mein Vater Temperini seine Visitenkarte reicht, und wie Temperini auf die blaue Schirmmütze meines Vaters hinunterschaut, während er die Karte in die Innentasche seines schwarzen Mantels steckt. Ein kleiner Chauffeur und ein großer Geiger.

13

Einige Tage später hielt ich vor Temperinis Haus, ohne mit ihm verabredet zu sein. Ich hatte einen Fahrgast vor einem Bürogebäude in der Nähe abgesetzt, einen nervösen Geschäftsmann, der häufiger auf seine Armbanduhr schaute als ich in den Außenspiegel. Der Himmel war blau, ein schöner Morgen Ende Mai. An der ersten Kreuzung, vor der ich den Blinker in Temperinis Richtung setzte statt zurück in die Innenstadt, passierte das wie aus Versehen, und an der nächsten Abbiegung sagte ich mir: Warum nicht beim alten Herrn vorbeischauen?

Ich stieg aus, blickte die bröckelige Fassade hoch zu den Fenstern und ging zum Eingang. Während ich die Klingelschilder las, klopfte mein Herz. Es gab deutsche Namen, einige türkische, einen Ricci, aber keinen Temperini. Aha, dachte ich, und dass Temperini eben ein Name für einen Konzertgeiger, aber keiner für ein Klingelschild war. Ich entschied mich für Ricci, das klang italienisch. Nichts geschah. Ich klingelte noch einmal, wieder nichts, und erst als ich es bei Naumanns versuchte, summte der Türöffner. „Die Post“, rief ich ins Treppenhaus hinein. Von einem der oberen Stockwerke klang Musik, die lauter wurde, je näher ich der Tür kam, hinter der laut Klingelschild Federico Ricci wohnte. Orchestermusik, und ich meinte, eine Geige zu erkennen. Wie es den Naumanns und den Özdals in diesem Haus wohl damit geht, fragte ich mich, während ich vom Klingeln zum Klopfen überging. Die Musik wurde leiser, ich hörte Schritte.

„Wer ist da?“ Die Stimme kannte ich.

„Ich bin es. Krause.“

Temperini öffnete seine Wohnungstür einen Spalt breit, die Kette ließ er eingehängt. „Was wollen Sie?“

Da stand ich nun, in einem Treppenhaus, in dem sich ein säuerlicher Geruch mit den Klängen einer Geige mischte, und wusste es auch nicht so genau.

„Sie heißen gar nicht Temperini“, sagte ich.

„Doch. Damals.“ Er sprach durch den Spalt hindurch und verbarg seinen Körper dahinter. „Was wollen Sie?“

„Ich dachte, ich schaue mal nach Ihnen.“ Ich versuchte, mehr zu erkennen als den schmalen Streifen Gesicht, Wand und Boden. „Sie könnten mir auch einfach aufmachen.“

„Ich habe Sie nicht bestellt.“ Die Tür blieb, wie sie

war. „Übernächsten Donnerstag. Schubert. Impromptus."

„Ach, kommen Sie!", sagte ich. „Das hatten wir doch schon."

Er zog den Kopf zurück und schwieg, ich sah sein Gesicht nicht mehr. „Mein Vater. Wo hat er Sie eigentlich abgeholt?"

„Hier nicht!"

Und damit schloss er die Tür.

Ich musterte die Risse im Lack und die graue Fußmatte vor meinen Füßen. Dann eben nicht, dachte ich, und dass es mit ihm jedes Mal so war, als finge man wieder bei null an. Doch als ich die Treppe abwärts ging, hörte ich hinter mir ein Geräusch und drehte mich um. Temperini stand im Türrahmen.

„Ich erinnere mich gut an Ihren Vater." Er trug jetzt seinen schwarzen Mantel und darunter Pantoffeln, aber die sah ich erst, als ich vor ihm stand. Ihr Filz war vorne abgestoßen, und auch die grauen Hosenbeine sahen verwaschen aus. Den Mantel hatte er wohl auf die Schnelle übergezogen, er hielt ihn vorne mit der gesunden Hand zusammen. Die Tür war angelehnt.

„Er war ja winzig, Ihr Vater", sagte er. „Aber seine Umgangsformen waren tadellos."

Temperinis Blick wanderte abwärts zu meiner Jeans, und als ich im Gegenzug auf seine Pantoffeln sah, folgte er meinem Blick, nur kurz, dann schaute er schnell wieder hoch. „Er wollte ein Autogramm von mir. Für seine Frau, sagte er. Sie ist verrückt nach Ihrer Musik."

„Das hat mein Vater gesagt?"

„Genau so hat er es ausgedrückt." Temperini reckte sein Kinn vor. „Meine Frau ist verrückt nach Ihrer Musik."

Im Hintergrund spielte der Geiger, und einen Moment war es, als lauschten wir beide.

„Ist das Paganini?" Ich beugte mich vor und hielt mein Ohr zur Tür.

„Ja." Temperini machte einen Schritt zur Seite, versperrte mir den Weg, als hätte er Angst, ich schlüpfte hindurch.

Vielleicht hört er ja seine eigenen Aufnahmen, dachte ich, und stellte mir vor, wie er im Sessel saß, die Augen geschlossen, an den Füßen seine Pantoffeln, und seine gelähmte Hand, die er auf seinem Schoß in die rechte gelegt hat, rast in seiner Vorstellung über die Saiten. „Spielen Sie da?"

„Nein." Er griff zur Klinke. „Also dann ..."

„Warten Sie." Ich fischte eine meiner Visitenkarten aus der Innentasche meiner Lederjacke. „Würden Sie?" Dabei fuhr ich mit dem Finger wie schreibend durch die Luft.

Temperini hielt die Karte eine Weile in der flachen Hand, als wollte er ihr Gewicht bestimmen.

„Sie bleiben hier."

Er verschwand in der Wohnung, die Tür schloss er hinter sich. Ich wartete, dachte an meine Eltern und an jenen Schulmorgen, als ich leer ausgegangen war, weil die Ausbeute dieser Nacht das Autogramm eines Geigers und ausnahmsweise für meine Mutter bestimmt gewesen war. An ihren Kuss und die Worte: „Danke, Gustav." Und dann: „Noch nie von ihm gehört." – Das hatte sie gesagt, daran erinnerte ich mich genau, weil ich mich danach wieder besser fühlte, als spielte ich mit meinen Freunden Quartett, und meine Karten hätten die der anderen gestochen, mit Autogrammen von Stars, die jeder kannte.

Als Temperini wiederkam, lächelte er, aber als er mir meine Visitenkarte überreichte, schaute er ernst und feierlich. Für Jürgen Krause, hatte er geschrieben, und Jürgen unterstrichen. Darunter seinen Namenszug, überragt vom F und vom T, ihre Striche wie gemalt, lang und nach rechts gekippt, so dass sie aussahen wie zwei Sprungschanzen.

Ich bedankte mich, und als er zur Klinke hinter sich griff, sagte ich ihm, dass Leo in den nächsten beiden Wochen bei mir sein würde, während der

Pfingstferien, und ich Zeit für ihn haben und daher nicht fahren wolle.

„Bringen Sie ihn mit“, sagte er. „Ich brauche Sie.“

So also hatte mein zu kurz geratener Vater sie rumgekriegt, all die Stars, die er durch Köln fuhr: Er hatte ihr Ego gestreichelt und sie dann um den kleinen Finger gewickelt. Lange Zeit waren die Autogramme auf der Rückseite seiner Visitenkarten für mich selbstverständlich gewesen, sie gehörten dahin wie die Goldknöpfe an die blaue Uniform meines Vaters und das Funkeln in die Augen meiner Mutter, wenn sie morgens beim Frühstück seinen Geschichten lauschte. Erst als ich älter wurde, und meine Freunde ihre Sprüche machten, begann ich mich zu fragen, wie er es anstellte, und auch, wie er überhaupt zu diesem Job gekommen war. Weil Skurriles zum Showgeschäft dazugehörte? Weil Stars es ohnehin gewohnt sind, auf ihre Bediensteten herabzuschauen? Weil seine Umgangsformen so tadellos gewesen waren, wie Temperini sie genannt hatte? – Was wissen Söhne schon über ihre Väter.

Leo kam mit dem Zug nach Köln, und als er am Bahngleis vor mir stand, sah ich, dass sein rechtes Ohr gepierct war. „Neu?“, fragte ich und schnippte gegen mein Ohrläppchen. „Mama ist steilgegangen“, sagte er, „aber Ulrich hat sie wieder heruntergeholt.“

Ich fuhr ihm flüchtig mit der Hand durch sein Haar. „Startklar für einen Road Trip through Germany?“ Leo verdrehte die Augen und strich sich eine Strähne aus der Stirn.

Wir fuhren Richtung Nordosten und kamen bis Rostock. Am ersten Abend übernachteten wir in einem Motel an der A1, verbrachten den nächsten Tag in Hamburg und einen weiteren in Schwerin. Dann zog es uns aufs Land, Richtung Seenplatte. „Gleich kommt uns eine Kutsche entgegen“, sagte Leo, als wir mitten im mecklenburgischen Nirgendwo über das grobe Kopfsteinpflaster einer Dorfstraße holperten und rechterhand ein altes Gutshaus erschien. Seine Steinfassade war grau und verwittert, aber das Holz der Bogenfenster war freundlich weiß gestrichen. Neben der Auffahrt warb ein Schild für Fremdenzimmer: Wohnen wie ein Gutsherr?

„Warum nicht“, sagte Leo, also bog ich ab und fuhr zwischen Stallungen und unter alten Bäumen hindurch auf die breite Treppe zu.

Wir quartierten uns über die Pfingsttage ein, aus unseren Fenstern sahen wir auf den Park, der riesig war und von großen Eichen und einer Steinmauer umgeben. Die Gastgeberin hatte den früheren Besitz ihres Großvaters nach der Wende von der Treuhand zurückgekauft. Einmal, beim Frühstück, setzte sie sich zu uns.

„Darüber“, sie zeigte auf den Holzboden, „ist ein Jahrhundert deutsche Geschichte gelaufen. Vorzugsweise in Soldaten-Stiefeln.“ Heute sei das Anwesen als Filmkulisse beliebt. „Als wenn hier nicht schon genug passiert ist.“

„Wahnsinn“, sagte Leo, und später schritt er neben mir die Freitreppe zum Park hinunter und mimte einen Gutsherrn auf dem Weg zur Jagd.

Wir waren ein eingespieltes Team, und auf unseren Trips wurde es selten kompliziert zwischen uns. Trotzdem war es dieses Mal anders, zumindest für mich. Als wir an einem der kleinen nahegelegenen Seen auf einer Decke lagen, holte Leo einen Kanada-Reiseführer aus seinem Rucksack.

„Den hast du dabei?“, fragte ich.

„Ja. In ein paar Wochen bin ich dort.“

„Jetzt bist du hier“, sagte ich.

„Das Crossing machen wir über den Icefields Parkway.“ Leo hielt mir das Foto einer Gletscherzunge hin.

Ich stand auf. „Los. Auf zum Lake Crossing.“

Aber Leo wollte nicht. Also schwamm ich allein, das Wasser war noch kalt, obwohl die Luft schon sonnenwarm war. Später döste ich auf der Decke vor mich hin. Ich stellte mir Leo und Ulrich vor, wie sie an einem türkisblauen See saßen und über eine fremde und weite Bergwelt schauten. Als ich die Augen öffnete, lief Leo in Badehose zum Wasser, ich sah seinen sehnigen Körper, Irenes dichtes dunkles Haar, aber meine helle Haut und meine schmalen Schultern. Wie zwei schneebedeckte Hügel waren seine kleinen Schultern immer aus dem Badeschaum aufgetaucht und hatten gezittert, bis ich sie mit dem Handtuch trockenrubbelte. Mein Sohn, dachte ich, und dass in seinem Körper nichts von Ulrich war.

Auf dem Rückweg schauten wir uns den Rostocker Hafen an, und in Warnemünde liefen wir barfuß durch den Sand am Wasser entlang. „Alles klar bei dir?", fragte Leo.

„Ja. Klar", sagte ich, und dabei hatte ich gerade still die Strände der Ostsee mit der wilden Küste Kanadas verglichen.

Von Rostock aus fuhren wir durch bis Köln, es war spät, als wir ankamen, der Dienstag nach Pfingsten. Wir hatten noch Zeit bis zum Wochenende. „Aber nur, wenn er bei dir nicht völlig verlottert. Er muss in den Ferien mit seiner Jahresarbeit weiterkommen." Wenn es um Leos Tage bei mir ging, verhandelte Irene hart. Trotzdem ließen wir es am Mittwoch langsam angehen, jeder für sich. Leo verkroch sich in seinem Zimmer, vermutlich hing er an seinem Handy, ab und zu tauchte er auf, ging zum Kühlschrank oder machte einen Streifzug durch die Wohnung, und dabei entdeckte er dann Temperinis Schallplatte. Eine einzige hatte ich bei Ebay erstanden, ansonsten aber keine Aufnahmen von ihm gefunden.

„Was ist das denn?“ Leo stand in der Küchentür, vor der Brust die Schallplatte.

„Ein Fahrgast“, sagte ich.

„Und?“ Leo setzte sich und legte die Platte zwischen uns auf den Küchentisch.

„Der Geiger auf dem Cover, ich fahre ihn seit einigen Monaten.“

„Seit wann hörst du Klassik?“, fragte Leo. „Oder sammelst du jetzt von jedem Stammgast Trophäen?“

„Nicht von jedem“, sagte ich. Und dann erzählte ich. Warum Temperini kein normaler Stammgast war, und was ein Paganini-Geiger ist. Wie es angefangen hatte, und wie es weitergegangen war.

„Du gehst spazieren mit ihm? Und ins Konzert?“ Leo schaute skeptisch.

„Ja“, sagte ich, und dass er ein alter Mann war und wohl sehr allein, und dass er schon lange nicht mehr auftreten konnte, weil irgendetwas mit seiner linken Hand passiert war. Ich strich über das Cover.

„Du magst ihn ja.“

„Morgen Abend fahre ich ihn wieder“, sagte ich. „Komm doch mit!“

„Ich weiß nicht.“ Leo schob die Platte auf dem Tisch hin und her.

„Wir gehen essen, während er im Konzert ist“, sagte ich, und dann, wie beiläufig: „Übrigens – damals“, ich tippte auf das Cover, „ist Opa Krause sein Chauffeur gewesen.“

14

Auf den Straßen war wenig los, anders als in den Gassen der Altstadt, auf der Domplatte und am Rhein, wo sich die Touristen drängten. Ich sah die Ausflugsschiffe, als ich über die Brücke fuhr. Als wir in Temperinis Straße einbogen, war der Hauseingang noch leer. Wir waren zu früh. Es war ein heißer Tag, Leo saß im T-Shirt neben mir, ich fragte mich, was der alte Herr wohl zu den Löchern und Rissen in seiner Jeans sagen würde.

„Nicht gerade ein Luxus-Viertel hier." Leo hatte seinen Arm ins offene Seitenfenster gelegt und schaute hinaus. „Ist er das?"

„Aussteigen", sagte ich. Der alte Herr überquerte langsam den Gehsteig, schwarz und lang wie der Schatten, den er warf.

„Könnte auch ein Mafioso sein", flüsterte Leo.

„Pst", sagte ich, und dann, als Temperini vor uns stand: „Leo. Mein Sohn."

Der alte Herr nickte. Leo schob seine Hände in die Hosentaschen, und Temperinis Blick wanderte von dort die Jeans hinunter. Ich hielt ihm die Fondtür auf und winkte einladend mit dem Arm, während Leo die vordere Tür öffnete, um einzusteigen. Aber Temperini drängte sich dazwischen und legte seine rechte Hand auf den Rahmen der Beifahrertür: „Da sitze ich.“ Einen Moment standen sie dicht voreinander, der alte Herr und mein Sohn. Leo schaute mich fragend an, und ich nickte. „Netter Typ“, murmelte Leo, als er schließlich hinten einstieg.

Wir fuhren los, Temperini zog den Umschlag aus dem Jackett und legte ihn auf die Ablage: „Ihr Honorar. Wie immer.“ Er sagte das lauter als nötig, und im Rückspiegel sah ich, dass Leo die Sache aufmerksam verfolgte.

„Leo verbringt die Pfingstferien bei mir“, sagte ich, obwohl das für beide ja nichts Neues war. Ich wollte gerade von unserem Trip an die Seenplatte erzählen, als Temperini sich zu ihm umdrehte: „Und du reist bald nach Kanada.“ Er sagte das als Feststellung, nicht als Frage. „Mit deinem Stiefvater.“ Das „Stief“ betonte er, als wäre es etwas Unanständiges. Ach du Schreck, der alte Herr kann einen wirklich überraschen, dachte ich, und dass es vielleicht doch keine gute Idee gewesen war, Leo mitzunehmen. Temperini schaute jetzt wieder geradeaus und Leo aus dem

Seitenfenster, und danach blieb es still, aber auf diese sprechende Art, wenn etwas in der Luft hängt.

„Was war das denn?“, fragte Leo, als Temperini im Eingang der Philharmonie verschwunden war.

„Was?“

„Du reist bald nach Kanada. Mit deinem Stiefvater.“ Leo machte Temperinis Ton nach.

Ich drehte mich zu ihm um. „Der alte Herr saß zufällig im Taxi, als ich es erfahren habe.“

„Als du was erfahren hast?“

„Dass du mit Ulrich sechs Wochen lang durch Kanada reist.“ Ich bemühte mich um einen neutralen Tonfall.

„Was natürlich eine total schlechte Nachricht für dich ist.“

„Wie meinst du das?“, fragte ich.

„Du könntest dich auch einfach mit mir freuen.“ Leo sprach heftig.

„Tu ich ja“, sagte ich.

„Nein, tust du nicht.“ Ich hörte die Wut in seiner Stimme. „Tust du nie, wenn es mir gut geht mit Ulrich.“ Er stieg aus, knallte die Tür zu und lief davon, Richtung Rhein.

So einfach ist das nicht, wollte ich rufen, aber er war schon fort, und ich musste den Wagen parken, und erst unten, auf der Rheinpromenade zwischen den Anlegestellen für die Ausflugsschiffe, fand ich ihn wieder. Er stand da und schaute aufs Wasser. Kurz blickte er mich an und dann wieder weg, die Arme vor seiner Brust verschränkt. In meiner Brust brannte es, ich wusste nicht, was ich sagen sollte, denn was er mir vorwarf, stimmte ja und war falsch zugleich, auf diese vertrackte Art, bei der du dich mit Worten meistens verhedderst. Am liebsten hätte ich einfach den Arm um ihn gelegt, aber einfach war wohl gar nichts mehr, so, wie er dastand und aufs Wasser starrte, das nie ganz glatt war und gegen die Mauer schwappte. Wir waren wohl beide froh, dass es da etwas Drittes, Bewegtes gab, auf das wir schauen konnten.

„Weißt du, was Mama dazu sagt?", fragte er.

Ich wusste, was auch immer an mir auszusetzen war, Irene hatte es längst mit spitzer Zunge aufgespießt und wie ein Insekt hinter Glas gepinnt. „Könnten wir die bitte aus dem Spiel lassen?"

„Wie du willst. Aber Ulrich hat sich wirklich Mühe gegeben."

„So."

Und Leo erzählte, dass Ulrich das Flugticket zwischen die Seiten eines Kanada-Bildbandes gesteckt hatte, und wie sauer Irene gewesen war, als Leo gefragt hatte: „Aber was sagt Jürgen dazu?" Gleich, nachdem er das Ticket gefunden und Ulrich ihm erklärt hatte: „Wir beide, sechs Wochen, in den Sommerferien, und Irene stößt später dazu."

„Verstehst du? Ich konnte mich nicht freuen."

„Aber es sollte meine Überraschung sein. Schließlich wollte ich mit dir durch Kanada reisen, nach deinem Abitur. Erinnerst du dich an die Doku? Du warst so fasziniert." Leo blickte mir in die Augen, und ich sah, wie sein Kiefer sich verkrampfte, bis er den Kopf schüttelte, loslief und mich stehen ließ, die Hände immer noch tief in den Hosentaschen, als hätte er etwas hineingestopft und hielte es dort zurück. Ich folgte ihm, aber schon nach ein paar Metern blieb er wieder stehen. „Um Kanada geht es gar nicht." Er schaute auf seine Turnschuhe. „Es war schon immer so."

Ich schwieg. Die Türme des Doms ragten in den noch blauen Himmel, aber über die dunklen Dächer der Stadt kroch schon das Abendrot, und etwas davon lag auch auf dem Wasser.

Er habe sich schon immer mies gefühlt, sagte er, und ich fragte: „Wann immer?" Zum Beispiel auf unseren Rückfahrten nach Augsburg, wenn er sich auf seine Spielsachen freute, auf Irene, und ja, auch auf Ulrich, und ich am Steuer stiller wurde, je näher wir Augsburg kamen, mit diesem Ausdruck im Gesicht.

Ich erinnerte mich genau. Wie es gewesen war.

Wenn Irene nicht zuhause war, Leo im Flur zwischen mir und Ulrich stand, neben der Reisetasche, aus deren Seitenfach Bunny hing, und wie Leos Augen dann hin und her wanderten, zu Ulrich, der ihm durchs Haar strich, und zu mir, der ihm einen Kuss auf die Stirn gab, und sein Gesicht wie eingefroren war, gar nicht wie das eines Fünf- oder Sechsjährigen. Weil wir uns trennen mussten, hatte ich gedacht. Hatte ich gehofft.

„Das wollte ich nicht", sagte ich.

„Ich weiß." Leo zuckte mit den Schultern: „Hör einfach auf damit, ja?"

Er nahm die Hände aus den Taschen und strich sich über die Stirn. „Komm. Lass uns essen gehen."

Für die Heimfahrt stieg Temperini wieder vorne ein, Leo hielt ihm dabei mit übertriebener Geste die Tür auf.

Als ich ihn fragte, wie es denn gewesen war, sein Konzert, klang Temperinis Stimme voller als sonst und irgendwie gestelzt, wohl weil er einen weiteren Zuhörer hatte. „Die Impromptus? Harmloses Augenblicks-Geklimper. Bis auf das in f-Moll. Die lange Coda. Der Abwärtslauf zum f, zum absoluten Tiefpunkt."

Den hatten wir eben auch, sagte ich mir. Ganz ohne Geklimper.

„Und Sie. Sie waren mal Geiger." Leo tauchte neben meiner rechten Schulter auf, er beugte sich weit nach vorne zwischen die Sitzlehnen und schaute Temperini ins Gesicht. „Früher."

Touché, dachte ich.

Keiner sagte etwas. Leo hatte sich wieder gegen die Rückenlehne fallen lassen. Er schaute zur Seite, Temperini in seinen Schoß, und ich auf die Straße. Wir fuhren über den Rhein, auf dessen schwarzes Wasser die Lichter der Brücken helle Streifen warfen, sie sahen aus wie Pfeiler aus Gold.

„Ich habe Leo von Ihnen erzählt. Dass Sie Paganini-Geiger waren." Wir standen vor einer Ampel.

Temperini drehte sich zu Leo. „Achill. Das ist Paganinis Sohn aus geschiedener Ehe. Achill hat sich zeitlebens gekümmert. Als Paganini seine Stimme verlor, da hat er für seinen Vater gesprochen. Erst 13 Jahre alt war er da." Ich legte meine rechte Hand auf Temperinis gelähmte. Er zuckte zusammen, in seiner Hand spürte ich einen aufflackernden Reflex, aber er zog sie nicht weg, wandte nur sein Gesicht abrupt zu mir, und auch in seinen Augen flackerte es.

Ich schüttelte leicht mit dem Kopf. Temperini sprach nicht weiter, immer noch lag meine Hand auf seiner. Im Rückspiegel schaute ich nach Leo, und als unsere Augen sich fanden, sagte er: „Schon gut."

Temperini presste die Lippen aufeinander, und

seine Augen verengten sich. Ich umfasste seine Hand, bewegte sie leicht hin und her, ein bisschen so, wie du die Hand eines Schwerkranken hältst, um ihn aufzumuntern, obwohl es nie wieder heil werden wird, und auch um dir selber Mut zu machen, weil das Leben so zerbrechlich ist.

Leo hatte Recht. Auch wenn es wehtat. Was immer passiert war oder noch passieren würde, es war nur ein Ausdruck dessen, was war, wie es war: Leo hatte zwei Väter. Ich war einer von beiden.

An diesem Abend, unserem letzten für diese Ferien, ging ich noch einmal zu ihm, er lag auf dem Bett, und ich blieb im Türrahmen stehen. Ich fragte ihn, ob er die Abi-Reise für uns beide reservieren würde. Er schwieg. Auf seinem Gesicht lag eine Mischung aus Herausforderung und Vorsicht.

„Wie wäre Neuseeland?“, fragte ich. „Ein Road-Trip?“

15

Am Mittwoch danach erzählte ich Maria davon, während sie Gläser spülte und ich eine Reihe von Seesternen umsortierte, die seit meinem letzten Besuch auf ihrer Bar gestrandet waren. Sie klatschte in die Hände, dass das Spülwasser spritzte: „Neuseeland? Er wird es lieben!“

Später, zuhause, legte ich die Beine hoch, klappte das Notebook auf und klickte mich durch Neuseelands Nord- und Südinsel. Ich versuchte, mir alles mit Leos Augen anzuschauen: Wale, deren Schwanzflossen aus dem Meer ragen wie Propeller. Tief eingeschnittene Fjorde, an deren Flanken Wasserfälle dampfen. Türkisfarbenes Wasser, das sich an langen weißen Sandstränden bricht. Giftig-gelbe Erdkrusten, an deren Rändern es blubbert und qualmt. Maria hatte Recht, Leo würde es lieben. Und ich auch. Straßen, die nur uns gehörten, schnurgerade auf schneebedeckte Berggipfel zu, durch goldgelbe Grasweiten wie durch eine Prärie, durch den Regenwald, auf engen Schneisen, über deren Ränder die Farne hängen.

Mein Handy klingelte. Temperini. Es war nicht sein erster Mittwochs-Anruf. Als wollte er sich an genau den Abenden ins Gedächtnis rufen, von denen er wusste: Ich war anderweitig verabredet.

„Hallo", sagte ich.

„Ist er weg?", fragte Temperini.

„Ja." Ich wartete.

„Er sieht aus wie Sie."

Ich dachte an unsere Jeans, an meine verwaschene und an die ausgefransten Löcher in Leos.

„Wie aus dem Gesicht geschnitten", sagte Temperini.

Leo hatte Irenes Nase und ihr kantiges Gesicht, aber es war nett vom alten Herrn.

„Na ja, ich bin sein Vater."

„Genau." Ich hörte, wie er Luft holte, und dann nannte er ein Datum, es war noch eine Weile hin. „15 Uhr."

„Aha", sagte ich. „Ein Ausflug."

„Ins Grüne", sagte er.

Ich blickte auf Neuseelands Regenwald, und für einen Moment sah ich Temperini und mich auf einer Bank unter riesigen Farnwedeln sitzen. Aber dann sagte er: „Zum See mit dem Schwan."

Sieh einer an, dachte ich, dann hatte es dem alten

Herrn am Decksteiner Weiher ja doch gefallen. Und mir fiel auf, dass er „dem Schwan" statt „den Schwänen" gesagt hatte.

Am Tag, an dem Temperini mit mir ins Grüne wollte, staute sich die Hitze in den Häuserschluchten, und die Sonne knallte auf Plätze und Rhein. Meine Klimaanlage pustete, trotzdem klebte mir das T-Shirt am Rücken, und ich hoffte für den alten Herrn, dass er seinem Anzug hitzefrei gab und sich ausnahmsweise mit einem kurzärmeligen Hemd begnügte.

Schon von weitem sah ich, dass der Hauseingang noch leer war. Er war spät dran dieses Mal, es war kurz vor 15 Uhr. Ich parkte auf der schattigen Straßenseite und wartete darauf, dass Temperini erschien.

Temperini, der dem Klingelschild nach gar nicht dort wohnte, sondern ein Herr Ricci. Ich machte es mir etwas bequemer, dachte an das, was mir einige Tage vorher passiert war. „Den kenne ich nicht, und wohnen tut der hier schon gar nicht", hatte die Frau im Bademantel gesagt, die ich aus dem Bett geklingelt hatte und die nun durch das Seitenfenster des Taxis auf meinen schlafenden Fahrgast schaute, einen Mittdreißiger. Ich hatte ihn an einer Bar am Friesenplatz eingesammelt, wo er verloren an der Hauswand lehnte und mit seinen Fingern die verrutschte

Krawatte auf und abwanderte, als wäre sie eine Gebetskette. Dem Anzug nach war er after work in der Bar gelandet. „Nach Hause“, lallte er, das lag in Brühl, südlich der Stadt, er brachte die Adresse mit schwerer Zunge heraus, bevor er auf meiner Rückbank einschlief und auch nicht wach zu kriegen war, als wir angekommen waren. Die Frau ging zurück in ihr Haus und vermutlich auch in ihr Bett, ich rüttelte ihn heftig, bis er mir sein Handy hinhielt und ich eine andere Frauenstimme hörte: „Wir sind da weggezogen, vor zwei Monaten“, sagte sie und nannte mir die neue Adresse, im Norden der Stadt. „Das wird teuer, oder? Klingeln Sie einfach, ich bleibe wach.“

Ich schaute auf die Uhr: 15 Uhr war vorbei, und Temperini war noch immer nicht da. Das hatte es bisher noch nicht gegeben. All die Male hatte er auf mich gewartet, fix und fertig in Mantel, Anzug und Hut, regungslos im Eingang oder an der Bordsteinkante stehend, auf diese lauernde Reiher-Art, und jetzt war ich derjenige, der auf der Lauer lag. Unpünktlich zu sein sah ihm einfach nicht ähnlich, aber wahrscheinlich war er im Sessel eingenickt, während er seinen Paganini hörte. Ich wollte ihn nicht überrumpeln, indem ich an der Tür klingelte, und er stünde dann wieder da, in Pantoffeln und mit dieser schäbigen Hose. Also griff ich zum Telefon. Ich stellte mich auf einen verschlafenen und knurrigen Temperini ein, hörte aber nur das Freizeichen. Ich schaute auf mein Display: Federico Temperini. Ich wiederholte den Anruf, ließ es lange klingeln. Wieder nichts. Als ich ausstieg, schlug mir die Hitze entgegen. Vor den meisten Fenstern seines Hauses waren die Rolläden halb heruntergelassen. Hinter welchem Temperini wohnte, wusste ich nicht. An der Haustür ging ich die Namen mehrmals durch. Kein Ricci mehr. Aber ein leeres Schild, ohne Namen. Dort klingelte ich. Nichts geschah. Ich versuchte es beim rechten Schild-Nachbarn, Naumann. Wie beim letzten Mal summte prompt der Türöffner. Im Hausflur war es angenehm kühl. „Die Post", rief ich und nahm zwei Stufen auf einmal. Als ich vor seiner Tür stand, war es still. Sein Name war vom Klingelschild verschwunden. Ich klingelte, einmal. Noch einmal. Und noch einmal. Lauschte. Klingelte weiter, mit diesem Gefühl, wie wenn du in einer Schublade kramst und etwas Wichtiges suchst. Du denkst: Das gibt es doch nicht! Das war hier doch immer! Und du glaubst, wenn du nur lange genug herumwühlst, wird es schon auftauchen. Bis du anfängst darüber nachzudenken, wo das, was du suchst, noch sein könnte. Vielleicht ist er weitergezogen, sagte ich mir, obwohl ich es besser wusste, er war ja schon lange nicht mehr der große Temperini, der durch die Lande reiste. Er war ein alter Ex-Geiger, der hier zurückgezogen lebte und dessen linke Hand gelähmt war. Vielleicht hatte ich ihn ja vertrieben, indem ich sie in meine Hand genommen und festgehalten hatte, vielleicht war ich zu weit gegangen und er wollte nicht festgehalten werden, und jetzt war er weg, schreckhaft und dickköpfig wie er war. Ich trat einen Schritt zurück, seine graue Fußmatte lag noch da. Ich ging zur Nachbarstür und klingelte bei Naumann. Die Frau, die mir öffnete, erinnerte mich kurz an Großmutter Helga, ihr massiger Körper füllte die Türöffnung aus und ihre Stimme polterte: „Ich erwarte kein Päckchen." Es roch nach warmem Kuchen.

„Ich suche Herrn Ricci", sagte ich und zeigte Richtung Nachbartür.

„Wegen der Post?", fragte sie.

„Wir sind verabredet", sagte ich. „Aber irgendwas stimmt nicht. Sein Name ist weg."

„Sind Sie ein Angehöriger?"

„Sein Chauffeur", sagte ich und fand, dass ihre Frage seltsam klang, was wohl auch für meine Antwort galt, denn sie legte den Kopf schief und zog die Stirn zusammen.

„Und ein Bekannter", sagte ich.

„Da sind Sie ein bisschen spät dran." Ihre Stimme klang jetzt weicher. „Er lag im Flur. Vornübergekippt." Sie machte eine Pause. „So schnell kann es gehen." Dann schwieg sie. Es war sehr still im Haus, aber in meiner Brust wummerte es. Ich schaute hinüber zu seiner Tür, die verschlossen war, ich sah ihn im Türrahmen stehen, in Anzug und in Lederschuhen.

„Ich hab mich gewundert, als es so ungewöhnlich still blieb bei ihm ... ." Die Nachbarin schloss für einen Moment die Augen, ihre Wangen glänzten feucht vom Schweiß, es hätten auch Tränen sein können. „Er hörte morgens immer diese Musik. Und bekam nie Besuch."

„Wann?", fragte ich. Sie schaute mich an und dann an meiner Schulter vorbei ins Treppenhaus, sie schien zu überlegen. Zu spät, dachte ich, und plötzlich wollte ich ihre Antwort gar nicht mehr hören, verabschiedete mich knapp und lief die Treppe hinunter.

Dann saß ich wieder unten im Wagen, die Hände um das Steuer gelegt. Das Haus stand da wie trauernd, mit den Rolläden auf halbmast, der Hauseingang war leer. Und auch auf meiner Rückbank oder neben mir würde er nie mehr sitzen. Als hätte ich das alles nur geträumt, die ganze Geschichte mit ihm. Er hatte im Flur seiner Wohnung gelegen, mit dem Gesicht nach unten. Orange gekleidete Männer hatten ihn umgedreht, seinen Tod festgestellt, ihn auf eine Bahre gehoben, ein Tuch über ihn gezogen. Irgendwann in den Tagen nachdem wir uns verabredet hatten, für heute, für einen Ausflug ins Grüne. Ich stieg aus und klingelte Sturm bei Frau Naumann. Ich musste wissen, wo er jetzt war.

„Da müssen Sie beim Ordnungsamt fragen", sagte sie. „Ich habe das gar nicht gewusst. Das Ordnungsamt kümmert sich um solche Tote."

„Solche?"

„Die niemanden haben."

„Und die Wohnung?", fragte ich.

„Darum kümmert sich unser Vermieter. Vielleicht gebe ich Ihnen mal seine Nummer?"

Beim Ordnungsamt nahm niemand mehr ab. Auch beim Vermieter, einem Herrn Schmitz, sprang nur die Mailbox an. Ich legte mein Handy weg und machte noch zwei Fahrten, war froh, dass beide Gäste sich nach hinten setzten und den Mund hielten. Es war schwül, die Kleider klebten auf meiner Haut. Auch in meinem Inneren war alles wie verklebt. Am Himmel zogen Gewitterwolken auf. Ich fuhr nach Hause, duschte, versuchte es wieder bei Herrn Schmitz. „Sind Sie ein Angehöriger?", fragte er sofort.

„Nein, nur ein Bekannter."

Sein Ton wurde ruppig: „Das weiß nämlich kaum einer. Dass man bei so einem armen Schlucker auf den Kosten sitzen bleibt. Für die Entrümpelung. Vom Mietausfall ganz abgesehen." Der Container sei für nächste Woche bestellt, die Eigentumssicherung habe nichts gefunden. Nichts von Wert.

„Er war ein berühmter Geiger", sagte ich.

„Aha", sagte Herr Schmitz. Dass da ein Geigenkasten sei, fügte er hinzu, aber einer ohne Geige, nur mit einer Kladde darin. „Vollgeklebt mit komischem Zeug."

Nachdem wir aufgelegt hatten, blieb ich eine Weile stehen, mit dem Telefon in der Hand, erst dann fielen sie mir ein, seine Papierschnipsel aus den Briefumschlägen, und ich drückte auf Wahlwiederholung.

„Kann ich die haben?", fragte ich. „Die Kladde? Und in die Wohnung? Bevor der Container kommt?"

„Meinetwegen. Aber wie gesagt: Nichts von Wert."

Danach lief ich ziellos durch meine Wohnung, schließlich nahm ich die Umschläge aus der Flurkommode, seine Schallplatte und das Programmheft vom Wohnzimmerregal, sein Autogramm aus meiner Geldbörse, und legte alles auf den Küchentisch. Ich schaute in jeden Umschlag. Das Geld ließ ich drin, seine Zettel nahm ich heraus, faltete sie aus-

einander, legte sie aus wie ein Kartenblatt, dann
wieder zusammen und auf einen Stapel, als könnte
ich sie mischen und damit sein Blatt neu legen.
Schließlich lehnte ich die Schallplatte und das Pro-
grammheft an das Fensterglas, so dass er dastand
und geig-
te, und sein Autogramm stellte ich davor. Federico
Temperini. Begraben hat man ihn sicher als Federico
Ricci, dachte ich und klappte mein Notebook auf.
Bestattung von Amts wegen hieß das, was das Ord-
nungsamt regelte und bezahlte, für Tote, die keine
Angehörigen hatten und auch sonst niemanden. Ur-
nenbestattung war billiger als Erdbestattung, des-
wegen wurde eingeäschert, und zwar nach spätes-
tens vier, allerhöchstens zehn Tagen, zum Zwecke
der Seuchenhygiene, so stand das da. Beerdigt wurde
allerdings erst, nachdem die Suche nach Angehöri-
gen abgeschlossen war. Das konnte Monate dauern,
oft war aber schon nach zwei oder drei Wochen klar,
dass es da niemanden gab. Eine lächerlich kurze Zeit,
hörte ich Temperini sagen, verglichen mit Paganini,
36 Jahre lang hat Achill den Leichnam seines Vaters
gehütet wie seinen Augapfel.

Bis vor kurzem hatte es auf den Kölner Friedhöfen
nicht einmal einen Hinweis auf solche Tote gegeben,
der Friedhofsgärtner hatte die Urnen zwischen
Laubfegen und Blumengießen irgendwo auf einem

dafür vorgesehenen Grasfeld verbuddelt. Anonym. Heute wurden zumindest die Namen der Verstorbenen gesammelt auf einer Stele ausgewiesen, und bei der Beerdigung war ein Pfarrer dabei, begleitete Bestattung nannten sie das, und ich dachte an das Begräbnis meiner Mutter und das meines Vaters, an den Trauerzug Richtung Grab und die Blumenkränze, und ich fragte mich, ob wenigstens jemand aus seinem Haus, Frau Naumann oder meinetwegen auch Herr Schmitz, dagewesen waren.

In dieser Nacht kühlte es kaum ab, ich schlief unruhig und träumte wild, zwei Szenen schafften es ins Tageslicht, vielleicht weil ich aus ihnen hochschreckte. Ich stand mit Temperini auf dem Melaten, vor einem dieser Grabmale, die aussehen wie Pizzaöfen. Achill hat alles getan, für seinen Vater, sagt der alte Herr. Ich lasse ihn stehen und laufe zum Ausgang, der ein Eingang zu einem Krematorium ist. Ein Sarg fährt auf einer Schiene Richtung Ofen. Doch der Sarg ist kein Sarg, er ist ein riesiger Geigenkasten, und darin liegt Temperini und geigt. Ich renne, ich muss ihn retten, ich rufe, stopp, ich bin sein Chauffeur, aber es ist niemand da, nur der Ofen, der ihn jetzt verschluckt, ich sehe die Flammen lodern, ich bin zu spät. Mein Herz raste, ich schlief lange nicht wieder ein, und dann doch und stand auf dem Bürgersteig vor seinem Haus, am Container. Durch ein Rohr rauscht Temperinis Asche hinein wie Abrissschutt, und auf dem Grund des Containers liegt eine riesige Hand aus Gips, ihre Finger sind lang und schmal und gekrümmt, und jetzt wirft jemand einen Haufen schwarzer Anzüge aus seinem Fenster, die Hand wird begraben, und das bricht mir das Herz, und neben mir steht Herr Schmitz und sagt: Nichts von Wert.

16

Die Frau, zu der ich am Morgen über das Ordnungsamt durchgestellt wurde, war freundlich. Sie nannte mir den Friedhof, auf dem man ihn bestattet hatte, einer der drei Friedhöfe in Köln, auf die Pflichtbegräbnisse von vereinsamten Menschen wie Herrn Ricci verteilt würden. „Seinen Namen finden Sie dort aber noch nicht. Wir warten mit der Sammelplakette immer, bis das Grab voll ist."

Ich fuhr noch am Vormittag hin. Die Hitze der Vortage hing unter einer dichten Wolkendecke fest, die Luft war schwül und dämpfig. Ich lief an alten Grabmälern vorbei, es war wie auf dem Melaten, genauso weitläufig, also fragte ich einen Mann in Arbeitskittel nach dem Weg. „Da wollen Sie hin?", sagte er. Die Grasflächen, zu denen er mich schickte, waren durch niedrige Hecken eingezäunt wie Vorgärten, und auf jedem der Grabstelen standen nicht weniger als ein Dutzend Namen, dicht an dicht wie Klingelschilder eines Mehrfamilienhauses. Bloß dass hier Endstation war und von Familien keine

Rede sein konnte, nur von Alleinstehenden, die sich mit anderen Alleinstehenden den Grabstein und das Erdloch teilten. Ich entdeckte ein frisch umgegrabenes Stückchen Erde, doch ich wollte nicht glauben, dass er da drin war. Der große Temperini, abgefüllt in eine Standard-Urne aus Plastik, begraben von einem Gärtner und Pfarrer, die nicht wissen konnten, mit wem sie es zu tun hatten. Und sein Name, sein falscher Name, würde mit anderen auf ein und demselben Stein landen, gleichgemacht und unscheinbar und einfach falsch. Ich drehte mich um und lief zurück zum Wagen.

Am Abend, als Marias Gäste alle gegangen, die Tische abgewischt, das Geschirr und die Gläser gespült waren, und ich stumm auf das dunkle Holz der Bar starrte, fragte sie mich: „Ist was mit Leo?“ Ich schüttelte den Kopf. Wir setzten uns auf die Stufe vor der offenen Taverntür. „Weißt du noch, der Geiger? Der früher berühmt war und mit dem ich an deiner Bar telefoniert habe?“

Ich erzählte, wie ich im Wagen auf ihn gewartet hatte, dass sie ihn tot im Flur gefunden hatten, vom Begräbnis von Amts wegen, auf dem ich nicht gewesen war – und überhaupt, dass ich nichts für ihn hatte tun können. Maria strich mir über den Arm, und im Lichtschein der Außenlampe suchten ihre

Augen meine: „Wie bist du überhaupt sein Chauffeur geworden?“

Ich dachte an seinen ersten Anruf und wie bedeutsam er seinen Namen ausgesprochen hatte. Neun Monate lang hatte ich ihn gefahren. „Das ist eine komplizierte Geschichte“, sagte ich. Sie kam mir vor wie ein Knäuel mit zu vielen Enden. Maria pinselte mit ihrem Zopfpuschel auf ihrem Handrücken herum, ansonsten saß sie still, hörte zu, sagte nur: na, sowas, puh oder ach, du je, oder sie lächelte. Als ich seine Hand beschrieb, krümmte sie ihre und hielt sie hoch: „So?“

„Er verbarg sie oft in der Manteltasche“, sagte ich. „Und er war immer so akkurat gekleidet.“ Ich dachte an seine Pantoffeln und an seine Haushose. Dass sie ihn darin gefunden hatten. Bevor sie ihm zur Leichenschau alles auszogen und ihn untersuchten, überall. Auch seine Hand.

„Was für eine beschissene Art, von der Bühne abzutreten“, sagte ich. Maria pinselte schweigend weiter, wir saßen da, auf der Treppe, es war schon lange Nacht. Schließlich schnippte sie ihren Zopf auf den Rücken und warf den Kopf in den Nacken. „Dann holen wir es halt nach!“ Sie stand auf.

„Was?“

„Das Begräbnis.“

„Das Begräbnis?" Ich schaute zu ihr hoch. „Exhumieren?"

„Nein. Die Trauerfeier. Jürgen, wir holen die Trauerfeier nach." Sie verschwand in der Taverne, barfuß, ihre Sandalen ließ sie stehen, es waren solche, wie sie auch griechische Göttinnen trugen, zumindest die auf der Tür zum Damen-WC der Taverne, flach und mit langen feinen Riemchen für die Fesseln. Als Maria sich wieder neben mich setzte, hielt sie in der einen Hand einen Kuli, in der anderen ihren Block, auf den sie immer ihre Einkaufsliste für die Küche schrieb. „Eine Trauerfeier für einen Super-Geiger." Sie tippte mit dem Kuli auf das Papier. „Erstens: Trauergäste", sagte sie und schrieb. „Du, ich. Wolfgang und Klaus kommen sicher auch, wenn wir sie fragen. Sonst noch wer?"

Das kann ja spannend werden, dachte ich, und dass sie immer wusste, was richtig war. „Leo. Er kommt noch einmal übers Wochenende, vor Kanada. Die beiden kannten sich. Und Frau Naumann. Die Nachbarin. Die sollten wir auch fragen."

Maria schrieb, dann tippte sie wieder mit dem Kuli auf das Blatt. „Zweitens: Wo?"

Ich überlegte. Seine Asche würde bleiben, wo sie war. Aber sein Name, sein richtiger Name, musste einen anderen Platz bekommen, einen, der ihm gerecht wurde: dem großen Temperini.

Der Container war schon wieder weg, als ich mich mit Herrn Schmitz in Temperinis Wohnung traf. Wieder zu spät, dachte ich, während er mich durch die beiden leeren Zimmer führte, als wäre ich ein potentieller Nachmieter. Er trug ein hellblaues Polohemd und eine von diesen Sommerhosen mit Kniff. Ich konnte ihn mir gut in einem klimatisierten Büro vorstellen oder auf dem Golfplatz, und ich fragte mich, wie er zu solchen Wohnungen kam, eine Erbschaft vielleicht, oder die Sache war lukrativer als sie aussah, die Leute zahlten ja für alles Mögliche ganz unmögliche Mieten. Jemand hatte begonnen, den Teppichboden herauszureißen, nach dem zu urteilen, was ich sah, war das auch überfällig. „Typischer Altherren-Kram, den wir hier herausgeholt haben." Herr Schmitz ging zurück in den Flur. Durch die offene Wohnungstür sah ich in das Treppenhaus, und davor, auf dem Boden hinter der Tür, die Temperini nur so weit aufgemacht hatte, wie die Sicherheitskette es zuließ, lag der Geigenkasten. Plötzlich war ich froh, dass es für mich nichts mehr zu sehen gab. Ich bückte mich und hob ihn hoch. „Bitte schön. Was auch immer Sie damit wollen", sagte Herr Schmitz.

Tagsüber lag der Geigenkasten auf meiner Rückbank, und ich fuhr mit ihm durch Köln. Ich schaute nicht hinein. Ein Fahrgast sagte: „Reicht wohl nicht, um davon zu leben." Ich antwortete nicht darauf.

Abends legte ich ihn vor mir auf den Küchentisch. Das schwarze Leder war abgestoßen, mit der flachen Hand strich ich darüber, spürte die Risse. Der Kasten war locker 50 Jahre alt. Er hatte ihn immer dabei gehabt, in all den Städten, in denen er aufgetreten war, hatte er ihn auf einen Tisch oder Stuhl gelegt oder vor sich auf den Bühnenboden, hatte sich über ihn gebeugt, so dass einige seiner schwarzen Haarsträhnen nach vorne fielen und er sie sich aus dem blassen Gesicht streichen musste. Mit seinen langen schmalen Fingern hatte er die Verschlüsse geöffnet und den Deckel angehoben, und immer hatte seine Geige auf ihn gewartet, vertraut und umgeben von samtig blauem Stoff. Jetzt waren nur noch ihre Umrisse da und abgewetzte Stellen. Warum von dem, was sein Leben gewesen war, nur noch die Schutzhaut übrig war, und wo seine Geige jetzt war, ich konnte es ihn nicht mehr fragen. Die Kladde lag im bauchigen Teil des Kastens, ein pralles Buch in rotem Leder, mit Schnüren zusammengehalten.

Zur Planung trafen wir uns in der Taverne, außer der Reihe, also ohne Badminton-Termin. Maria hatte Klaus und Wolfgang mit Gyros all you can eat gelockt und übernahm die Einleitung. „So etwas wie ein Trauerkomitee?", fragte Klaus. „Für einen toten Ex-Geiger?"

Als ich laut darüber nachdachte, ob ich statt einer Todesanzeige nicht besser einen Nachruf in die Zeitung setzen sollte, immerhin war der alte Herr ja wer gewesen und schon ein paar Tage unter der Erde, spülte Wolfgang sein Gyros hastig mit einem Schluck Kölsch herunter. „Welchen Tarif hat der denn gebucht? Wir fahren Sie bis zum bitteren Ende? Inklusive letztem Geleit?"

„Klappe halten, Männer!", sagte Maria scharf. „Merkt ihr nicht, dass es Jürgen ernst damit ist?"

Sie packte alles in Kisten und auf ihren Leiterwagen, mit dem sie immer zum Wochenmarkt ging. Wolfgang war für das Brennen der Musik zuständig, er lieh sich von einem Freund eine tragbare Stereoanlage und besorgte für jeden eine Stirnlampe. Klaus besaß eine Klappleiter und kundschaftete aus, an welcher Stelle der Friedhofsmauer es heil und unbemerkt zu schaffen war. Frau Naumann lehnte ab: „Nichts für ungut. So nah standen wir uns ja nicht." Leo wollte sich eine schwarze Jeans besorgen. „Möglichst ohne Löcher", bat ich ihn. Und auch wir anderen hielten uns an die Abmachung, trafen uns in weißem T-Shirt und schwarzer Hose bei Nacht an der Friedhofsmauer, gleich um die Ecke in der Nähe des Südeingangs. Maria trug ein weißes Kleid, und in ihren hellen Zopf hatte sie ein schwarzes Band geflochten. Rauf ging es über die Leiter, auf der anderen Seite herunterzuspringen ging gerade so, am langwierigsten war das Rüberreichen der Sachen.

Ich ging mit dem Leiterwagen voraus, weil ich den Weg zum Grab meiner Eltern kannte. Von weitem mussten wir aussehen wie eine Prozession. Der Mond war fast voll, aber meist verhüllt von Wolken, es war ziemlich dunkel, und die Lichtkegel unserer Stirnlampen huschten über den Weg und die Gräber.

„Schuhu", machte Klaus.

„Die Addams Family auf dem Weg zur Gruft", sagte Wolfgang.

„Ab jetzt wird es ernst." Maria drehte sich zu den beiden um. „Verstanden?"

„Du hast gut reden", sagte Klaus. „Schau uns doch mal an."

Wir verteilten uns um das Grab. Maria und ich vorne, Klaus und Wolfgang links, Leo rechts davon, und an der Stirnseite – dunkle Namenszüge auf hellem Sandstein – Helga und Gustav Krause, wie die Gastgeber an einer Essenstafel. „Du warst sein Chauffeur, Papa. Und du, Mama, hattest ein Autogramm von ihm." Ich stellte vorne links, wo die Erde nackt war, ein gerahmtes Foto von ihm auf, es war das vom Programmheft, auf dem er vor dem Bühnenvorhang geigt, darüber sein Name, Federico Temperini, darunter das Todesdatum. Maria steckte einen Geigenbogen in die Erde, an dem wie an einer Fahnenstange eine schwarze Schärpe hing. Ein großer Geiger geht, stand in weißer Schrift darauf. Vor sein Bild stellte sie zwei Grablichter und zündete sie an. Ich drückte kurz ihre Hand: „Danke."

„Stirnlampen aus", sagte sie, und so schien alles Licht nur auf ihn. Den Geigenkasten, den sie dazulegte, kannte ich noch nicht, sie hatte ihn mit Blumen bepflanzt, weißen und roten. Ich schaute fragend.

„Ebay", flüsterte sie.

Ich zog den zusammengefalteten Zeitungsausschnitt aus meiner Hosentasche und knipste meine Stirnlampe an. „Wir nehmen Abschied von Federico Temperini", las ich laut. Den Zusatz „geborener Ricci" hatte ich gestrichen. „Da denkt jeder, er war ein Weichei und hat den Namen seiner Frau übernommen", hatte Wolfgang angemerkt, und auch Maria war von meiner ersten Fassung nicht überzeugt gewesen. „Zu bescheiden."

Ich las weiter:

„Ein großer Geiger geht. Er lebte für die Musik. Und für Paganini, den Gott der Violine. Federico Temperini hat Paganinis Werke gespielt wie kein Zweiter. – Er ist gegangen. Aber seine Musik wird bleiben. – Im Namen des gesamten Publikums und seiner Fans."

„Und seiner Freunde", sagte Leo, und dabei schaute er mich an. Ich nickte.

Keiner sagte mehr etwas, gemeinsam schauten wir auf sein Foto und Marias Arrangement.

„Wolfgang, die Musik." Sie zeigte auf die Stereoanlage.

Ich faltete meinen Spickzettel auseinander. „Niccolò Paganini. Erstes Violinkonzert. D-Dur. Gespielt vom unsterblichen Federico Temperini." Vielleicht übertreiben wir das Ganze ja ein bisschen, dachte ich, aber als seine Geige erklang, über dem Grab und all den anderen Gräbern, und auch die Bäume regungslos zuhörten, als er so für die Toten und die Lebenden spielte, wusste ich: Es hätte ihm genau so gefallen. Neben mir stand Maria und strich sich mit ihrem Zopfpuschel über die Wange, während sie zum Himmel schaute. Der Mond schien durch die Wolken wie durch das dünne Papier einer Laterne. Ich nahm ihre Hand.

„Krasse Musik", sagte Klaus, als es wieder still war, und klatschte Beifall. Und wir anderen klatschten auch.

„Das nenne ich einen Schlussapplaus!" Maria drehte sich um. „Zeit für das Picknick."

Sie breitete eine Decke aus, und in die Mitte, zwischen Warmhaltebox und Pappteller, stellte sie eines der Grablichter. „Leichenschmaus griechischer Art", sagte Wolfgang, als Maria die Moussaka auftat. Wir saßen noch lange zusammen. Von Paganinis nächtlicher Geigerei auf dem Friedhof des Lido erzählte ich, weil es sozusagen dazugehörte. „Trotzdem. Ich kann mit dem Gefiedel nicht wirklich etwas anfangen", sagte Klaus. „Location hin oder her." Die anderen Geschichten ergaben sich dann irgendwie. Die von Paganinis ruhelosem Leichnam hob ich bis zum Schluss auf. Leo hörte zu, wie früher, als wir durch Köln fuhren, mit diesem entrückten Ausdruck im Gesicht. „Da geht es deinem toten Geiger hier ja noch richtig gut", sagte er.

Zu Hause zündete ich eine Kerze an, stellte sie ins Küchenfenster vor sein Foto, so dass Temperini im Lichtschein geigte. „Was wird das denn?" Leo stand im Türrahmen. Ich sagte nichts, auch nicht, als Leo auf mich zuging. „Schon gut. Ich fand's cool heute Nacht", sagte er. Er grinste, und dann umarmte er mich, kurz, aber fest. In der Tür drehte er sich noch einmal um. „Ich habe mit Irene und Ulrich gesprochen." Leo hob den Daumen. „Neuseeland. Wahnsinn!"

Ja, dachte ich. Draußen war es noch Nacht.

Auf der Fensterbank lag seine rote Kladde, ich nahm sie in die Hände. Das Leder war abgegriffen von seinen Händen. Ich blätterte, ohne wirklich zu lesen, das hatte ich schon, mehrfach, hatte darin auch die Textschnipsel aus seinen Briefumschlägen gefunden. Mit den Unterstreichungen. Davon gab es viele. Alle in rot. Links Paganini. Rechts Temperini. Ich hielt die Kerze über die Kladde.

Linke Seite, rot unterstrichen: „Paganini hob die Geige und ließ einen Lauf aufblitzen, wie eine Rakete, mit einer unglaublichen Stärke des Tones, so blendend, schwindelerregend, dass man sich sofort wie elektrisiert fühlte und sich willenlos von dieser wunderbaren Kunst unterjochen ließ."

Rechte Seite, rot unterstrichen: „Temperinis Spiel hat elektrisiert. Die Luft im Konzertsaal schien zu knistern, während das Publikum wie gebannt seinen halsbrecherischen Läufen und Oktavengängen folgte."

Beide Textstellen waren mit einer roten Linie verbunden, darüber liefen Ausrufezeichen wie Seiltänzer.

Linke Seite, rot unterstrichen, eine Beschreibung, die ich schon kannte: „Nach dem ersten Stück brachte man ihm seinen Pelz, er hüllte sich, blass wie der Tod, hinein, trocknete den Schweiß von der Stirn und sank förmlich in einen Stuhl."

Rechte Seite, rot unterstrichen und der ganze Text übersät mit roten Ausrufe- und Fragezeichen: „Kein Zweifel. Federico Temperini spielt wie Paganini, sieht aus wie Paganini, beherrscht die Effekte wie Paganini. Fast ist man versucht zu sagen: Er ist Paganini. Was aber Temperinis Ausschütteln seiner linken Hand angeht, nach jedem Schlusston, als habe er Schmerzen: Entweder es ist ein weiterer Showeffekt, schaut her, meine Hand spielt das Unspielbare. Oder Herr Temperini sollte schleunigst einen Arzt aufsuchen. Sonst wird er auch darin Paganini folgen, dessen großartige Virtuosität ja bekanntlich auf Kosten seiner Gesundheit ging."

Ich klappte die Kladde zu. Sie war für niemandes Augen bestimmt, auch nicht für meine, dachte ich, und sah seine gelähmte Hand vor mir, und wie er sie immer vor mir versteckt hatte.

Leo fuhr schon am nächsten Tag zurück nach Augsburg. Abends nahm ich die Paganini-Biografie aus dem Wohnzimmerregal, klebte Fotoecken auf ihren Innendeckel und steckte meine Visitenkarte mit Temperinis Autogramm hinein. Ich stellte sie zurück ins Fach zu den anderen Biografien, in die Reihe der

Stars, die von Gustav Krause durch Köln gefahren worden waren.

In den folgenden Wochen, Leo war in Kanada, ertappte ich mich zwei, drei Mal dabei, dass ich einen Umweg machte und an seinem Haus vorbeifuhr. Dann stellte ich mir vor, er stünde im Eingang. Einmal stieg ich aus und suchte den Namen des neuen Mieters auf dem Klingelschild.

Den Fotorahmen auf dem Grab habe ich durch einen Namensstein ersetzt, Liegeplatte klein, man kann das im Internet bestellen. Weiße Schrift auf schwarzem Granit, keine Jahreszahlen, dafür aber eine kleine Geige. Ich bin mir sicher, dass mein Vater nichts dagegen hat, ihn als Trittbrettfahrer dabeizuhaben. Und meine Mutter hätte sowieso ein Herz für ihn. Manchmal sprechen Leute mich darauf an, nachdem sie am Grab meiner Eltern waren. „Nur ein Gedenkstein", sage ich dann. „Ein Freund des Hauses, ohne Angehörige." Ich gehe immer mal wieder zum Grab, und manchmal geht Maria mit. Sie legt Blumen auf die Erde, wir bleiben eine Weile nebeneinander stehen, wie damals im Mondschein, aber das ist eine andere Geschichte.

Dass die Neuseelandreise mit Leo ein Volltreffer war, das gehört hier noch hin, immerhin hatte der alte Herr dabei seine Finger im Spiel. Wir hatten einen fantastischen Road-Trip, auf der anderen Seite der Erdkugel. Davon hätte ich dem alten Herrn gerne erzählt, gespannt, wie er dieses Mal den kürzesten Weg finden würde, von Neuseeland zu Paganini.

Ab und zu höre ich mir die Aufnahme an, auf der er Paganini spielt. Ich schließe die Augen und frage mich, wie es für ihn war. Am Hals spürt er das Gewicht der Geige und unter dem fliegenden Druck seiner Finger ihre Saiten. Ihr Klang füllt den Raum, in dem das Publikum den Atem anhält. Doch für ihn ist es wie atmen. Und dann: Beifall.

Nachruf auf Paganini

Franz Liszt, Paris, 1840

„Doch wer, der nicht selbst Zeuge davon war, wird es glauben, dass dieses Talent, dem die Welt so verschwenderisch spendete, was sie oft der Größe versagt: Ruhm und Reichtum, dass dieser Mann, dem so viel Begeisterung entgegenjauchzte, sich nicht traulich zu Menschen gesellte? Niemand ahnte, was in seinem Herzen vorging; sein reichbegnadetes Leben verklärte nie das eines anderen, keine Gemeinschaft des Geistes oder des Herzens verband ihn mit seinen Erdenbrüdern: fremd blieb er jeder Neigung, fremd jeder Leidenschaft, fremd selbst seinem eigenen Genius; denn was ist der Genius anderes, als die der Menschenseele ihren Gott offenbarende Priestermacht? Paganinis Gott aber ist nie ein anderer gewesen, als stets sein eigenes düster trauriges Ich! ....
Wie dem auch sei – Friede seinem Andenken! Er war groß. Jede Größe trägt ihre eigene Schuldentlastung in sich selbst. Wissen wir denn, um welchen Preis der Mensch seine Größe erkauft?“

Hinweise und Danksagung

Ich danke Simone Regina Adams für ihre Ermutigung und Unterstützung, ihr sensibles Lektorat und für alles, was ich als Autorin von ihr lernen durfte.

Quelle für die Zitate aus den Rezensionen war Werner Fulds wunderbare Paganini-Biografie:

Werner Fuld: „Paganinis Fluch. Die Geschichte einer Legende“, Hamburg, 2003 (Rowohlt Taschenbuch Verlag)

Der Nachruf Franz Liszts auf Paganini wurde entnommen aus

Julius Knapp: „Paganini. Eine Biographie“, Berlin, 1922

Bibliografische Information der Deutschen Nationalbibliothek
Die Deutsche Nationalbibliothek verzeichnet diese Publikation in der Deutschen Nationalbibliografie; detaillierte bibliografische Daten sind im Internet über http://dnb.dnb.de abrufbar.

„Federico Temperini" wurde durch ein Stipendium des Förderkreises deutscher Schriftsteller in Baden-Württemberg gefördert.

Dischingerweg 5 · D-72070 Tübingen

Lektorat: Simone Regina Adams, Freiburg

Internet: www.kloepfer-narr.de
eMail: info@kloepfer-narr.de

CPI books GmbH, Leck

ISBN 978-3-7496-1026-6 (Print)
ISBN 978-3-7496-6026-1 (ePub)